Palais de Justice in Paris (Frankreich)

Gerald Axelrod
Fotografien

Liane Angelico
Text

Die Nacht des Blutmondes

Fotografien aus der Schattenwelt

Ubooks

1. Auflage September 2005

Satz & Gestaltung: stilfusion – Büro für Gestaltung

Erschienen 2005 im Ubooks-Verlag, Augsburg

ISBN 3-86608-019-0

Weitere Informationen finden Sie unter:
www.axelrod.at
www.ubooks.de

Holzscheite knackten in der Glut des wärmenden Feuers, das den heimeligen Raum der alten Frau in ein geheimnisvolles Licht tauchte. Ein Kupferkessel tanzte über den Flammen, und ein angenehm süßlicher Duft erfüllte die Stube, während draußen ein schauriger Herbststurm tobte. Dicke Regentropfen peitschten auf die schon erkaltete Erde. Der Winter stand kurz bevor und es schien nur noch eine Frage der Zeit, bis die Natur ihren Mantel aus Eiskristallen überzog, um zu ruhen.

Das Alter der Frau wusste niemand so recht, nicht einmal ihre hübsche Enkeltochter. Die Bewohner des nahe gelegenen Dorfes munkelten nur hinter vorgehaltener Hand darüber, denn keiner wagte es, über die schrullige Alte zu urteilen. Oft brauchte man ihren Rat, sei es wegen Krankheit oder Liebeskummer. Die Alte hatte immer eine Antwort oder ein Rezept parat. Liebevoll, aber auch mit tiefstem Respekt nannten die Dorfbewohner sie deshalb Sorana, die Hexe. Ein sorgloses Leben konnte die weise Frau allerdings nicht führen, denn die Inquisition tobte im ganzen Land. Überall brannten die Scheiterhaufen und verschlangen unschuldige Frauen und Männer, die im Verdacht standen, mit dem Teufel Unzucht getrieben zu haben. Doch die mutige Alte ließ sich nicht einschüchtern. Es lag nicht in ihrer Art, und in tiefstem Herzen glaubte sie an eine überirdische Gerechtigkeit, die sie vor einer Anklage schützen würde.

Sorana lebte allein mit ihrer Enkelin, die auf den Namen Lemura hörte – aber nur, wenn es ihr passte. Die Alte hatte sie zu sich genommen, nachdem Lemuras Eltern von der Pest hinweggerafft worden waren. Das Mädchen wuchs frei und unbeschwert auf und nur so nebenbei lehrte Sorana ihm die Hexerei. Manchmal fragte sich die Alte allerdings, ob sie das Richtige tat, denn das Temperament ging oft mit diesem ungestümen Charakter durch. Es kostete Sorana einige Nerven und nicht selten schlug sie ihr persönliches Hexenbüchlein auf, um sich ein Rezept unter dem Eintrag *Nervenberuhigungsmittel* herauszusuchen. Aber so anstrengend die Erziehung auch war, das Mädchen brachte nicht nur Sonne in ihr greises Leben, sondern auch Liebe.

Linke Seite:
Abgeschieden lebte Sorana, die Hexe, mit ihrer Enkelin Lemura in einem schmucken Häuschen.

Château de Kérazan in der Bretagne (Frankreich)

Vorhergehende Seite:
Notre-Dame in Paris (Frankreich)

Lemura wuchs zu einer auffallenden Schönheit heran, mit langen schwarzen Haaren und tiefblauen Augen. Auch wenn sie mit ihrer Großmutter gerne Schabernack trieb, so steckte in ihrem hübschen Köpfchen doch eine beachtliche Weisheit, wie man sie in so einem Wildfang niemals vermutet hätte.

Während Sorana ihren Gedanken nachhing, rüttelte der Wind plötzlich so wild an den Fensterläden, als wollte er den Weltuntergang heraufbeschwören. Erschrocken bekreuzigte sich die Alte, denn sie spürte das Herannahen eines grausigen Unheils. Doch sie ahnte nicht, wie nahe die Gefahr schon war. Durch die Ritzen der Fensterläden beobachteten zwei leuchtend gelbe Augen aufmerksam jede ihrer Bewegungen.

Fast lautlos murmelte Sorana ein paar unverständliche Worte vor sich hin, während sie eine dickliche Flüssigkeit umrührte, die im Kessel über dem Feuer waberte und brodelte.
„Was murmelst du da?", brüllte Lemura ihrer Großmutter mit solcher Lautstärke in den Gehörgang, dass dieser fast der Holzlöffel aus der Hand gefallen wäre.
„Schreck mich doch nicht immer so", schimpfte Sorana. „Oder willst du mich umbringen?"
Lemura grinste vor Schadenfreude. Sie wusste genau, dass ihre Großmutter einen Zauberspruch gebrummelt hatte – wie immer, wenn sie einen Trunk mischte. So bekam auch diese Rezeptur ihren eigenen Segen ab.

Lemura stand neben dem Kessel und es verlangte sie übermächtig danach, ihren Finger in das Gebräu zu stecken und zu naschen. Zu verführerisch zog dieser süße Duft nach Beeren und anderen delikaten Früchten in ihre Nase, als dass sie hätte widerstehen können. Und schwupp, ehe sich die Alte versah, tauchte Lemuras Finger auch schon hinein in die Köstlichkeit. Prompt kam die Antwort mit einem Schwupp zurück und Großmutters Holzlöffel meinte „Nein!" zu dieser Aktion. Lemura machte ein langes Gesicht. Zu gerne hätte sie sich dieser rötlichen, verführerischen Sünde in Form eines Getränks hinge-

Oben:
Ein düsteres Unheil braute sich über Sorana und Lemura zusammen.
Mont Saint-Michel in der Bretagne (Frankreich)

geben. Aber immerhin konnte sie ein paar Tropfen von ihrem Finger abschlecken.

„Freu dich nicht zu früh, meine Liebe", seufzte Sorana besorgt. „Du wirst dich noch wundern! Was jetzt passiert, hast du dir selbst zuzuschreiben."
Dabei nahm sie ganz unschuldig einen großen Schöpflöffel und füllte den Saft vorsichtig in die schon vorbereiteten Fläschchen, die sie sorgsam mit einem Korken verschloß.
„Warum soll ich mich denn wundern?", fragte Lemura, die sich ihrer

Schadenfreude beraubt sah. „Sag schon, ich will es wissen! Ist das vielleicht ein übles Hexengebräu?"
In ihrem jugendlichen Übermut hatte sie völlig vergessen, dass diese Mittelchen nicht immer angenehme Wirkungen zeigten. Ihre Großmutter konnte auch ein Schelm sein und unsympathischen Leuten ein Haarwuchsmittel brauen, das schneller zu einer Glatze verhalf. Oder eine Tinktur, die aus einer Warze zwei machte. Der Junghexe schwante Fürchterliches und sie sah sich in Gedanken schon mit Ferkelohren oder einem Pferdegebiß.
„Aber Großmutter", schmeichelte Lemura, „wer wird denn so garstig sein? Verrate mir doch, was du da schon wieder zusammengebraut hast."
„Arme Lemura", murmelte die Alte voll böser Vorahnungen, während

Oben:
Weil Lemura vom Hexentrunk genascht hatte, konnte es ihr jederzeit passieren, daß sie Riesenkröten oder Drachen begegnete.

Park der Monster in Bomarzo (Italien)

Rechte Seite:
Château de Versailles bei Paris (Frankreich)

sie die letzte Flasche füllte. „Du hast von dem einzigartigen, nur von mir allein kreierten Zaubertrank *Ich schrecke dich* genascht. Ein grauenhafter Fluch kommt über jeden, dessen Zunge der Saft benetzt! Von nun an kann es dir jederzeit passieren, dass du schaurigen Riesenkröten, Drachen oder ähnlichem Getier begegnest. Ach, du Verhexte, wie furchtbar!"

Vor Schreck wurde Lemuras Gesicht kreidebleich und sie gelobte sich, nie wieder zu naschen – jedenfalls nicht bei einer Hexe.
„Aber tröste dich", fuhr die Alte fort, „in drei Tagen ist der Fluch vorbei. Vielleicht."
Dieses *vielleicht* klang nicht sehr ermutigend. Mit wachsender Unruhe dachte Lemura, dass aus drei Tagen auch dreihundert Jahre werden könnten, falls sich ihre Großmutter bei einer Zutat geirrt hatte. Aber der Stolz verbot es der Junghexe natürlich, sich eine Blöße zu geben.
„Ach, mir ist dieses *Ich schrecke dich* doch so was von egal", meinte sie schnippisch. „Sollen sie nur kommen, die Kröten. Ich werde mir eine Froschschenkelsuppe aus den Bürschchen fabrizieren, die beste von allen. Da siehst du es, ich schrecke mich überhaupt nicht."

Hochmütig hob sie ihren Kopf und tänzelte wie eine Prinzessin aus der heimeligen Stube hinaus in ihr Zimmer. Doch der Schein trog, und die Großmutter wusste das. Verschmitzt grinste sie und ein breites Lächeln zog über ihr faltiges Gesicht. So vollendet hatte sie ihre Enkelin schon lange nicht mehr an der Nase herumgeführt. Diesen Sieg musste sie natürlich gebührend feiern und so ging sie zu einem Schrank, nahm ein Glas heraus, füllte es andächtig mit der roten, süßen Flüssigkeit, prostete sich selbst mit dem *Ich schrecke dich* zu und genoss ihren herrlichen, wie Honig mundenden Holunderlikör. Er streichelte ihre Kehle und erwärmte ihr altes Herz, das über den gelungenen Streich lachte. Lemura würde es bestimmt nicht wagen, diesen edlen Tropfen nochmals anzurühren. Diese Gefahr war somit gebannt. Leider sah die Großmutter nicht voraus, dass die wirkliche Gefahr bereits vor ihrem Fenster lauerte.

Aus einem Gläschen waren zwei geworden, oder gar drei? Wohlige Müdigkeit breitete sich in der Alten Herz aus und sie gähnte in der Absicht, ins Bett zu gehen. Von Lemura war kein Ton zu hören. Anscheinend schmollte sie und gab so ihren Unmut kund. Müde erhob sich Sorana, blies die Kerzen aus und schlurfte über die Treppe nach oben in ihr Zimmer. Einen Moment lang herrschte Stille, doch dann wurde plötzlich die Türklinke von außen niedergedrückt. Offenbar hatten sowohl Lemura wie auch Sorana vergessen, die Eingangstüre abzusperren, und das rächte sich nun. Ein leises Knarren durchbrach die Stille und mit einem Ruck stand die Türe offen. Ein gespenstischer grauer Schatten huschte im Türschlitz durch. Abermals folgte ein Knarren, dann wieder Stille. Totenstille.

Ein Blick nach links und ein Huschen nach rechts, untermalt von einem unheimlichen Trippeln, so als würde eine überdimensionale Maus über den Holzboden schleichen. Ein kurzes Aufatmen der Er-

Oben:
Verschmitzt grinste Sorana, denn noch ahnte sie nichts von der drohenden Gefahr.

Park der Monster in Bomarzo (Italien)

leichterung und schon blickten zwei neugierige Augen auf den Inhalt der Flaschen, den Sorana vorher eingefüllt hatte.
„Ach, wie köstlich", seufzte der ungebetene Gast genießerisch.
Flugs verschwanden die Flaschen unter dem Tisch. Heraus die Korken und hinunter mit dem Inhalt, der wie Honig die verdurstende Kehle hinabrann. Juhu, war das vielleicht ein Spaß, diese totale Vertilgung des edlen Likörs. Jubel, Trubel, Heiterkeit kehrten in die Stube der beiden Hexen ein, die von diesem Gelage nichts ahnten. Schon bald verschwamm die Sicht des Schurken und er nahm alles wackelig wahr. Außerdem trieb ihn der Rausch zum Leichtsinn.
„Ich bin der größte Held der Welt, ich brauche mich doch nicht zu verbergen", jubelte er und torkelte aus seinem Versteck unter dem Tisch hervor.
Da sah er das Schönste, was seine Augen jemals erspäht hatten: eine junge Frau mit langen, rabenschwarzen Haaren und blauen Augen,

Oben:
Der verliebte Eindringling fühlte sich frei wie ein Vogel, der über das Meer schwebt, oder wie der stolze Eroberer einer Burg.

Pointe de Pen-Hir in der Bretagne (Frankreich)

Rechte Seite:
Castillo de Loarre bei Huesca (Spanien)

tief wie ein Bergsee. Nie zuvor hatte er ein solch wunderbares Wesen gesehen. Entzückt träumte er, er wäre Ritter und Tänzer zugleich, über dem unendlichen Meer schwebend, begleitet von der Melodie herrlicher Harfenklänge. Langsam verdrehten sich die Augen dieses verliebten Eindringlings, denn der Likör tat seine Wirkung. Mit verzücktem Blick und einem Kapitalrausch im Gesicht betrachtete er weiter das Gemälde von Lemura.

„Eines Tages wirst du dich unsterblich in mich verlieben, meine Süße", lallte er vor sich hin. „Du kannst gar nicht anders, wenn du mich erst einmal erblickst. Ich bin der Traum deiner einsamen Nächte."

Dabei hob er fast ab vor lauter Selbstherrlichkeit, als ihn wie aus heiterem Himmel eine laute Stimme aus seinem Wachtraum riss.

„Du bist ja wohl nicht ganz bei Trost, du Kröte!", brüllte ihm Lemura von hinten ins Ohr. „Etwas Hässlicheres als dich hab ich ja noch nie gesehen!"

Der Eindringling erstarrte zu einer Salzsäule, die beim nächsten Lufthauch auseinander zu fallen drohte.
„Auweia!", dachte er, denn so hatte er sich die erste Begegnung mit seiner Traumfrau nicht vorgestellt.
Kaum hatte er sich vom Schock erholt, wollte er das Weite suchen, aber Lemura packte ihn. Sie hatte Geräusche gehört und diesen Hallodri vor ihrem Gemälde entdeckt, was sie gar nicht witzig fand.
„Lass mich los!", wimmerte der Trunkenbold.
„Großmutter hatte Recht", gab Lemura keifend zurück. „Ich sehe Kröten und höre sie auch noch sprechen. Pfui Teufel! Jetzt mache ich eine Froschschenkelsuppe aus dir!" Dabei hielt sie ihn über den Kessel, den ihre Großmutter noch randvoll mit Wasser angefüllt hatte. Das passte ganz genau, besser konnte es gar nicht sein.
„Halt! Bitte nicht, ich bin Kemon, der Dämon", flehte der Eindringling verzweifelt.
Das Mädchen zögerte kurz. Tatsächlich sah dieses seltsame Wesen wie ein kleiner Dämon aus. Seine Haut erschien grau und farblos, wie bei einer Steinfigur. Aus dem Kopf ragten zwei kleine Hörner heraus, und auf seinem Rücken bemerkte Lemura zwei Flügel. Alles in allem betrug seine Größe nicht mehr als einen Meter, schätzte die Junghexe. Also doch ein Dämon? Oder gaukelte ihr das *Ich schrecke dich*-Gebräu ein Trugbild vor? Ja, so musste es sein, eine andere Erklärung gab es nicht für das plötzliche Auftauchen dieser seltsamen Gestalt.
„Ha, ha, sehr witzig. Kemon, der Dämon", äffte ihn Lemura nach. „Ich kenne keinen Kemon und schon gar nicht so eine hässliche Kröte wie dich. Und darum wirst du jetzt zu einer guten Froschschenkelsuppe verkocht!"
Mit einem Schwupp versenkte sie ihre Fracht im Kessel und schürte die Glut kräftig auf, um ein nettes Feuerchen zu entfachen. Kemon versuchte, aus dem Kessel zu klettern, aber da hatte er die Rechnung ohne Lemura gemacht. Blitzschnell packte sie einen Besen, der neben dem Kamin lehnte, und schlug mit ganzer Kraft auf den kleinen Kerl ein, der prompt wieder bis zum Hals im Wasser versank.

Kemon fühlte sich gar nicht mehr wohl. Erstens wegen des Likörs, der ihm furchtbar im Magen lag. Zweitens, weil ihn eine durchgedrehte

Rechte Seite:
Kemon, der Dämon, hatte nur Flausen im Kopf. Ohne es zu wollen, führte er das Böse auf die Spur von Sorana und Lemura.

Notre-Dame in Paris (Frankreich)

Hexe mit schwingendem Besen kochen wollte. Bald wurde es dem Dämon warm um seine schon aufgeweichten Beine. Verzweifelt versuchte er, das Mädchen zu überzeugen, ihn freizulassen.
„Schau mich doch einmal genau an", bettelte er. „Habe ich Ähnlichkeit mit einer Kröte?"
„Vergiss es, du wirst jetzt Suppe und aus", rief Lemura unbeirrt und hob drohend den Besen.

Kemon heulte auf und hielt seine Hände schützend über den Kopf. Die junge Hexe führte einen wahrlich höllischen Besentanz auf, als die Großmutter erschrocken in die Stube trat. Mit ihrer weißen Spitzenhaube und dem ebenso weißen Nachthemd sah sie wie ein Nachtgespenst aus, aber eher zum Lachen als zum Fürchten. Trotzdem war es zu viel für Kemons Nerven.
„Hilfe!", schrie er in seiner Not und strampelte so verzweifelt, dass der Kessel wild hin und her schaukelte und das Wasser verspritzte.
Lemura wunderte sich nur noch über dieses Theater. Aber zu ihrem noch größeren Erstaunen gab ihr die Großmutter nicht recht, sondern packte ihre Suppeneinlage und – schwupp – zog sie Kemon aus dem Kessel. In allerletzter Sekunde, denn das Wasser begann schon zu brodeln.
„Lass gut sein, mein Kind", beschwichtigte die Großmutter mit sanfter Stimme. „Das ist keine Kröte, vor der du dich fürchten musst, sondern Kemon, der Hausdämon meiner Schwester Alexa, die sich der schwarzen Magie verschrieben hat."
In Kemon erwachte wieder das Leben und er nickte heftig zu diesen Worten. Ein wenig besänftigt ließ Lemura den Besen sinken, während der Dämon seine Hände vom Kopf nahm.
„Aber Großmutter, du hast doch selbst gesagt, dass ich Kröten sehen würde", versuchte sich das Mädchen zu rechtfertigen.
„Ich habe dir nur einen Bären aufgebunden, damit du meinen Likör in Ruhe lässt", seufzte Sorana. „Aber wie ich es mache, ist es verkehrt. Nun hat ja dieser nichtsnutzige Dämon meinen edlen Tropfen vernichtet."
Dabei schaute sie auf den kleinen Kerl hinunter, der wie ein begossener Pudel dastand, mitten in einer Wasserpfütze, die sich um ihn

Linke Seite:
Alexa, die Schwester von Sorana, beschäftigte sich leidenschaftlich mit der dunklen Magie.

Castello Sforzesco in Mailand (Italien)

gebildet hatte.
„Ich habe ihn nicht vernichtet, sondern mich geopfert, damit ihr euch nicht den Magen verderbt", erklärte Kemon mit der ihm eigenen Dämonen-Logik und schaute dabei so unschuldig drein, dass die Alte lachen musste.
„So, jetzt sag mir, was dich zu uns führt", forderte sie ihn auf. „Was gibt uns die zweifelhafte Ehre deines Besuchs?"

Kemons Gesicht verfinsterte sich. Es schien, als würde sein Rausch einer riesigen Angst weichen. Aber keine der beiden Frauen konnte sich erklären, was ihm solche Panik einjagte, denn Lemura hatte den Besen längst beiseite gestellt. Schließlich deutete der kleine Kerl mit dem Zeigefinger furchtsam zur Tür.
„Ich muss euch warnen. Seid vorsichtig", flüsterte er so leise, dass sich die beiden Frauen zu ihm hinunterbücken mussten. „Er lauert da draußen auf euch. Er weiß, dass ihr das Amulett des Lichts besitzt und wird kommen, um es euch zu rauben."
„Wer?", fragte Sorana erstaunt.
„Hiremus", hauchte der Dämon, der es kaum wagte, diesen Namen auszusprechen.
Lemura verstand nicht, worum es ging, während ihre Großmutter kreidebleich wurde und sich in einen Sessel fallen ließ.
„Was ist mit dir? Was ist passiert?", rief das Mädchen besorgt.
„Hiremus ist der grausamste Hexenjäger, von dem ich gehört habe", erklärte Sorana, ehe sie sich wieder zu Kemon wandte. „Wieso weiß er vom Amulett des Lichts?"
„Das ist eine komplizierte Geschichte", seufzte der kleine graue Kerl.
„Wir hören!", zischte die Alte scharf, denn sie wollte keine Zeit verlieren.
„Es geht um den Hexenkompass und die Nacht des Blutmondes", stammelte der Dämon.
„Wie hat Hiremus davon erfahren?", fragte Sorana. „Erzähl mir alles von Anfang an."
Kemon hockte sich vorsichtshalber unter den Tisch und begann, die verhängnisvollen Ereignisse zu schildern.

Rechte Seite:
Die Inquisition tobte im ganzen Land. Hexenjäger verfolgten unschuldige Frauen und Männer.

Burg Gebhardsberg bei Bregenz (Österreich)

Vor drei Tagen nahm das Unheil seinen Lauf. Hiremus war das Gerücht zu Ohren gekommen, dass Alexa, die Schwester von Sorana, eine Hexe sei. Um herauszufinden, ob an diesem Gerücht etwas Wahres dran war, stieg er zunächst alleine zu Alexas Burg hoch. Als er die Zugbrücke überquerte, merkte er zu seiner Überraschung, dass das Tor einen Spalt offen stand. Vorsichtig drückte er die schwere, eisenbeschlagene Pforte auf, die in den Angeln quietschte, dass es dem Inquisitor durch Mark und Bein ging. Hatte er sich verraten? Angestrengt lauschte er, aber nichts regte sich. Vor ihm lag der leere Burghof. Gegenüber ragte das dunkle Gemäuer steil in die Höhe. Mit raschem Schritt überquerte Hiremus den Hof und stellte zu seiner Erleichterung fest, dass auch die Tür zum Turm nicht abgesperrt war.

Lautlos schlich er die Wendeltreppe hoch. Durch die kleinen, spinnwebverhangenen Fenster fiel nur ein fahles Licht auf die steilen Stufen. In jedem Stockwerk warf der Inquisitor einen kurzen Blick in die umliegenden Räume, konnte aber nichts Ungewöhnliches entdecken – außer, dass eine dicke Staubschicht auf den Möbeln lag und alles unbewohnt wirkte.

Endlich erreichte er das Ende der Treppe. Mit einem Ruck stieß er die Tür zur obersten Turmkammer auf. Was er da sah, übertraf seine schlimmsten Befürchtungen. In dem halbdunklen, nur von Kerzen erhellten Raum standen ein altes Weib und ein kleiner grauer Dämon an einem Tisch. Sie beugten sich über ein großes Buch und führten offenbar gerade ein alchemistisches Experiment durch.

Erstaunt schauten die beiden zum Inquisitor auf, dessen Augen schnell den ganzen Raum nach weiteren Personen absuchten. Im Kamin prasselte leise ein Feuer, das unheimliche Schatten an die Wände warf. Der Feuerschein spiegelte sich auch in Alexas dunklen Augen wider und verlieh ihnen einen so diabolischen Glanz, dass sogar Hiremus eine Gänsehaut bekam. Tanzte da nicht ein kleiner Teufel in den Flammen und lachte? Nein, es musste eine Halluzination sein, denn

Linke Seite:
Auf dem höchsten Turm ihrer Hexenburg gab sich Alexa der Magie hin.

Château de Pérennou in der Bretagne (Frankreich)

außer der Alten und dem Dämon konnte Hiremus niemand entdecken. Für ihn gab es keinen Zweifel mehr, dass Alexa eine Hexe war. Sofort nahm er das Kruzifix, das um seinen Hals hing, in die linke Hand, während er mit der rechten sein Schwert zog. Langsam schritt er auf den Tisch zu.

„Bring das Buch in Sicherheit", flüsterte Alexa dem Dämon ins Ohr. Kemon schlug den riesigen Wälzer zu und wollte schon flüchten, als er sich nochmals umdrehte und eine Karaffe mit einer roten Flüssigkeit packte.
„Lass den Wein!", schrie Alexa mit wachsender Panik, denn der Inquisitor war nur noch wenige Schritte entfernt.
„Jetzt ist es uns endlich gelungen, Wasser in Wein zu verwandeln", jammerte Kemon und nahm einen kräftigen Schluck, ehe er die Karaffe zurückstellte.
„Ihr Frevler!", donnerte Hiremus und hob sein Schwert.
Die scharfe Klinge zischte durch die Luft, doch Alexa duckte sich geistesgegenwärtig und stieß den Tisch um. Hiremus sprang jedoch zur Seite. Im nächsten Augenblick hatte er die Alte auch schon an den Haaren gepackt und zerrte sie zum Kaminfeuer.
„Willst du zuerst mit dem Kopf oder mit den Füßen hinein?", höhnte er mit einem grimmigen Lachen, als er die wehrlose Alte immer dichter zu den Flammen hin drückte.
Alexa murmelte einen Zauberspruch, doch ehe er zu Ende war, fingen ihre Haare schon Feuer. In dem Moment loderten die Flammen wie von Geisterhand entfacht auf. Erschrocken trat Hiremus ein paar Schritte zurück und hielt seinen Arm instinktiv vors Gesicht, um sich vor der unerträglichen Hitze zu schützen. Als er den Arm wieder sinken ließ, war Alexa spurlos verschwunden.
„Teufelswerk", murmelte er grollend und wandte sich ab, um den Dämon zu suchen.
Weit war er nicht gekommen. Mit dem schweren Buch, das der kleine Kerl kaum schleppen konnte, hatte er es gerade bis zum Fenster geschafft. Er riss die Vorhänge auf, öffnete das Fenster und kletterte mit Müh und Not auf den Sims, während der Inquisitor langsam näher kam. Diesmal wagte es Hiremus nicht, schnell zuzupacken, denn er

Rechte Seite:
In dem geheimnisvollen Gemäuer erfuhr der Inquisitor Hiremus vom Hexenkompaß, mit dem sich jede Hexe aufspüren läßt.

Kloster San Pedro de Roda bei Llansá (Spanien)

hatte in seinem ganzen Leben noch nie einen leibhaftigen Dämon erblickt. Deshalb hielt er sein Kruzifix schützend vor sich und murmelte ununterbrochen das lateinische Vaterunser.

Kemon breitete seine Flügel aus und begann hilflos zu flattern.
„Oh, oh, das gibt eine Bruchlandung", murmelte er verzweifelt. „Wenn ich nur nicht solche Höhenangst hätte."
Hiremus traute seinen Ohren nicht. Ein Dämon, der sich nicht traute zu fliegen, weil er unter Höhenangst litt? So jemand konnte nicht gefährlich sein. Ohne lange zu überlegen, stürzte der Inquisitor zum Fenster und packte Kemon beim Genick. Voll Panik schlug der kleine Kerl um sich, aber vergeblich. Als Hiremus merkte, dass ihm der Dämon nichts tun konnte, lachte er triumphierend auf.
„Der Bischof wird Augen machen, wenn er dich sieht", verkündete er grinsend. „Noch nie hat jemand einen Dämon gefangen. Jetzt werde ich sicher zum Großinquisitor ernannt!"
In dem Moment versuchte Kemon, das Buch vom Fenstersims zu stoßen, doch Hiremus konnte es in letzter Sekunde packen. Neugierig musterte er den dicken Wälzer. Auf dem Ledereinband stand kein Titel, und nichts deutete auf den Inhalt. Aber als Hiremus die erste Seite aufschlug, erschrak er fast zu Tode. Anstelle von Buchstaben tanzten kleine Flämmchen vor seinen Augen und zeigten Worte aus Feuer. Zu seiner maßlosen Überraschung ging von den geheimnisvollen Feuerworten jedoch weder Hitze aus noch roch es nach Rauch. Nur Staub fuhr ihm in die Nase und er begann so heftig zu niesen, dass sich seine Augen röteten. Erst als der Anfall vorbei war, konnte er die Flammenschrift lesen: *Luna sanguinea.*
„Blutmond", dachte Hiremus, als er den lateinischen Titel übersetzte. Begierig las er weiter. Dabei verschwanden die Flammenbuchstaben jedesmal, sobald er sie gelesen hatte, um anschließend gleich wieder von neuem in die Höhe zu züngeln und die nächsten Worte zu bilden. Sie erzählten von der Nacht des Blutmondes, in der es möglich war, den Hexenkompass zu finden.

Hiremus grinste wie ein Teufel. Dieses alte Zauberbuch veränderte sein damals schon verwirrtes Leben. Er hatte bei seinen Verhören

Rechte Seite:
Ein Zauberbuch verriet das Versteck des sagenumwobenen Hexenkompasses.

Kloster San Pedro de Roda bei Llansá (Spanien)

bereits etliche Legenden über diesen sagenumwobenen Hexenkompass gehört, aber trotz aller Folterungen nie brauchbare Hinweise erhalten. Jetzt schöpfte er zum ersten Mal Hoffnung. Ein Kompass, mit dem er alle Hexen dieser Welt aufspüren konnte – das eröffnete ungeahnte Möglichkeiten. Damit würde er als erfolgreichster Hexenjäger aller Zeiten in die Geschichte eingehen. Vielleicht würde man ihn eines Tages sogar heilig sprechen? Der heilige Hiremus, ja, das klang gut. Noch in Hunderten von Jahren würden sich die Menschen seiner erinnern.

Während er seinen Träumen nachhing, schoss plötzlich unmittelbar vor seinem Gesicht eine Stichflamme in die Höhe und das Buch ging in Flammen auf. Aber diesmal war das Feuer so heiß, dass er sich die Finger verbrannte.

Rechte Seite:
Hiremus grinste wie ein Teufel – gierig darauf, den Hexenkompaß zu besitzen.

Pforte in der Via S. Sofia in Mailand (Italien)

Oben:
Château de Pérennou in der Bretagne (Frankreich)

Linke Seite:
Courthouse Library in New York (USA)

Rechte Seite:
Château de Versailles bei Paris (Frankreich)

Gebannt lauschten Lemura und Sorana der Erzählung.
„Was hat Hiremus denn genau erfahren, bevor das Zauberbuch verbrannt ist?", fragte die Großmutter sorgenvoll.
„Er weiß, dass der Hexenkompass in einer alten Kirche versteckt ist, die am Fluss der ewigen Nebel liegt", erwiderte Kemon. „Jeder, der den Kompass berührt, verfällt augenblicklich dem Wahnsinn – es sei denn, er ist durch das Amulett des Lichts geschützt. Und Hiremus weiß, dass er den Kompass nur in einer einzigen Nacht finden kann: in der Nacht des Blutmondes."
„Und wann ist diese Nacht?", fiel ihm Lemura ins Wort.
„Wenn der Vollmond in den Schatten der Erde eintritt", antwortete Sorana seufzend. „Also bei der nächsten Mondfinsternis – in drei Nächten!"
Überrascht schaute Lemura zu ihrer Großmutter. „Du weißt auch vom Hexenkompass?"
„Ja", bestätigte die Alte nickend. „Ich habe das *Luna Sanguinea* zwar nie selbst gelesen, aber meine Schwester hat mir die Legende vom Hexenkompass erzählt. Er soll ein Geschenk der Göttin Hekate an die ersten Hexen gewesen sein. Damals war es für sie sehr schwierig, gleich gesinnte Frauen zu finden. Der Kompass sollte die Suche erleichtern. Als eines der höchsten Heiligtümer wurde er von Generation zu Generation weitergegeben. Als jedoch die Inquisition über das Land hereinbrach, bekam die Hüterin des Kompasses Angst, dass er in die Hände der Hexenjäger fallen könnte. Sie wollte das Geschenk von Hekate aber nicht zerstören und versteckte es deshalb in einer verlassenen Kirche. Außerdem hat sie es mit einem Fluch belegt. Nur wer das Amulett des Lichts trägt, kann den Kompass berühren."
„Und du besitzt dieses Amulett?", hakte Lemura nach.
„Ja, meine Schwester hat es mir vor vielen Jahren überlassen", erwiderte die Alte.
„Was ich nicht verstehe", murmelte das Mädchen, „wieso weiß Hiremus, dass du es besitzt? Das stand ja wohl nicht im Zauberbuch!"
Sorana runzelte die Stirn. Wie auf Befehl drehten beide Frauen gleichzeitig ihre Köpfe zu Kemon und starrten ihn fragend an.

Linke Seite:
Burg Heidenreichstein im Waldviertel (Österreich)

„Ja, also, wie soll ich das sagen ...?“, druckste der Dämon herum und fühlte sich ziemlich unwohl in seiner grauen Haut, machte aber keine Anstalten, weiter zu erzählen.
„Wir hören!“, zischte Lemura scharf.
„Was hätte ich tun sollen?“, stammelte Kemon schuldbewusst. „Nachdem das Buch verbrannt war, wollte Hiremus wissen, wo das Amulett ist. Aber ich hab natürlich nichts verraten. Da hat er mich über den Abgrund gehalten und gedroht, mich in die Tiefe zu stürzen, wenn ich nicht rede ...“
Lemura warf ihm einen bitterbösen Blick zu. „Ich kann ’s nicht glauben. Du bist ein Dämon!“
„Ja, aber nur ein ganz kleiner“, rechtfertigte sich Kemon.
Die Großmutter musterte ihn nachdenklich. „Was hast du denn noch alles erzählt?“
Wie ein armer Sünder schaute der kleine Kerl zu Boden.
„Nicht viel. Das Buch ist in Flammen aufgegangen, bevor Hiremus erfahren hat, wo das genaue Versteck des Hexenkompasses in der Kirche liegt. Er wollte es aus mir herauspressen, aber ich kenne es wirklich nicht. Alexa hat oft in diesem Zauberbuch gelesen, nur verstehe ich kein Latein. Doch Hiremus hat mir nicht geglaubt und wollte mich mit Weihwasser bespritzen. Da musste ich ihm verraten, dass die Blutgräfin ebenfalls ein Exemplar des *Luna Sanguinea* besitzt.“
„Die Blutgräfin?“, fragte Sorana überrascht. „Aber es weiß doch niemand, wo ihr Geisterschloss liegt?“
„Ich schon!“, prahlte der Dämon.
„Was du Hiremus natürlich auch verraten hast“, ätzte Lemura.
„Zwangsläufig.“
„Wie bist du denn entkommen?“, wollte Sorana wissen.
„Oje“, stöhnte Kemon, „das, äh, ist schwierig zu erklären.“
Die beiden Frauen konnten es kaum glauben: Der Dämon schien rot zu werden.
„Jetzt erzähl schon!“, forderte ihn Lemura ungeduldig auf. „Bei Hiremus hast du ja auch alles ausgeplaudert.“
„Ja, also“, räusperte sich Kemon verlegen, „das war so: Als er mich mit Weihwasser bespritzen wollte, zog er mich wieder ins Zimmer, hielt mich in die Höhe und öffnete das kleine Weihwasserfläschchen.

Rechte Seite:
Trotz seiner Flügel konnte Kemon kaum fliegen, weil er unter Höhenangst litt.

Mont Saint-Michel in der Bretagne (Frankreich)

Linke Seite:
Im Maul einer furchteinflößenden Statue hielt Sorana das Amulett des Lichts versteckt.

Schloß Grafenegg im Waldviertel (Österreich)

Oben:
St. Veits-Dom in Prag (Tschechien)

Da hab ich mir vor lauter Angst in die Hose gemacht, nur dass ich keine Hose anhatte."
„Du hast ihn also ...", fuhr Lemura grinsend dazwischen.
„Ja. Er hat mich vor Schreck fallen lassen und so konnte ich durch einen Geheimgang fliehen."
Die beiden Frauen schmunzelten, ehe Sorana wieder ernst wurde.
„Wir müssen so schnell wie möglich von hier verschwinden und das Amulett in Sicherheit bringen", meinte sie schweren Herzens. „Wenn es Hiremus in die Hände fällt und er das Zauberbuch der Blutgräfin bekommt, hat er alles, was er braucht, um den Kompass zu finden. Und dann ist keine weise Frau mehr vor der Inquisition sicher!"

Seufzend erhob sich Sorana, ging zu einer furchteinflößenden Statue, halb Dämon, halb Greifvogel, die neben dem Kamin stand, und griff

direkt in den spitzen Schnabel hinein. Darin befand sich ein Mechanismus, mit dem sich die Statue öffnen ließ. Und siehe da, ein eigentümliches Leuchten erfüllte den Raum, als das Amulett zum Vorschein kam. Sorana nahm dieses wunderbare Schmuckstück und hielt es direkt vor Lemuras Augen, die andächtig schwieg. So etwas Großartiges hatte sie in ihrem ganzen Leben noch nie gesehen.

Aus purem Gold bestand dieses etwa handflächengroße Medaillon mit den kunstvoll verschnörkelten Rändern. In der Mitte strahlte ein prächtig geschliffener Rubin, wahrscheinlich einer der wertvollsten Edelsteine, den Mutter Erde jemals hervorgebracht hatte. Lemura war ganz geblendet von diesem Schmuckstück, genau wie Kemon, dem der Mund vor Staunen offen blieb.
„Dies ist das Amulett des Lichts", verkündete die Großmutter feierlich. „Es soll nun dir gehören und dich schützen!"

Plötzlich verstummte das Lied des Sturms und Totenstille herrschte im ganzen Haus. Die drei spürten, dass nichts Gutes im Anzug war.
„Wir müssen aufbrechen", drängte die Großmutter. „Ich brauch nur noch ein paar Kleinigkeiten."
Lemura nickte gedankenverloren, hängte sich das Amulett um und ging in ihr Zimmer, um ebenfalls ein paar Sachen zusammen zukramen. Hastig warf sie alles in eine kleine Tasche, die sie sich um die Schulter hängte. Als sie wieder in die Stube trat, wartete Sorana bereits auf sie. In diesem Moment donnerte etwas von außen gegen die Tür, die sofort unter der Wucht des Aufpralls zerbrach. Dann ging alles Schlag auf Schlag. Bretter und Trümmer flogen durch den Raum und vor ihnen stand Hiremus, diese Ausgeburt der Hölle in Menschengestalt, der die Großmutter mit hasserfüllten Augen anstarrte.
„Du verfluchte Hexe!", zischte er bedrohlich mit tiefer Stimme.
Sein Gesicht konnte niemand so richtig erkennen, denn die Kapuze seiner schwarzen Mönchskutte warf einen düsteren Schatten darauf. Über der Brust hing ein goldenes Kruzifix und an seinem Gürtel ein Schwert.

Sorana wollte zurückweichen, aber Hiremus packte sie am Arm.
„Gib mir das Amulett!", fauchte er wutentbrannt.
In dem Moment sah er, dass Lemura den geheimnisvoll funkelnden Schmuck um ihren Hals trug und begriff sofort: Dies konnte nur der im Buch beschriebene Rubin sein! Lachend stieß er die Großmutter zu Boden und schritt langsam auf das Mädchen zu, das wie gelähmt stehen blieb. Da fielen alle Flaschen zu Boden und zerbrachen mit lautem Klirren. Kemon, der sich ja unter dem Tisch versteckt gehalten

Linke Seite:
Ohne jede Vorwarnung stand das Böse vor der Tür.

Dakota Building in New York (USA), in dem Roman Polanski seinen Film „Rosemary's Baby" drehte und vor dem John Lennon erschossen wurde.

hatte, hatte flüchten wollen, sich dabei aber so ungeschickt angestellt, dass der Tisch umkippte. Hiremus war für einen Augenblick irritiert und abgelenkt, und dieser Augenblick genügte Lemura. Sie erwachte aus ihrer Versteinerung, packte instinktiv einen Schürhaken neben dem Kamin und schlug mit aller Kraft auf den Hexenjäger ein. Sie traf ihn am Kopf, sodass er benommen torkelte, aber nicht zu Boden ging, sondern nach seinem Schwert griff.

Lemura wagte es nicht, noch einmal zuzuschlagen, sondern stürzte zu ihrer Großmutter, um ihr aufzuhelfen. Schwerfällig drehte sich Hiremus um.
„Du musst das Amulett in Sicherheit bringen“, keuchte Sorana außer Atem. „Lauf!“
„Du kommst mit!“, rief das Mädchen verzweifelt und versuchte, die Großmutter zu stützen und ihr wieder auf die Beine zu helfen.
In diesem Moment spürte Lemura einen kurzen stechenden Schmerz am Hals, der sofort wieder nachließ. Hiremus hatte ihr das Amulett entrissen! Erschrocken drehte sie sich um. Der Inquisitor hielt das Schmuckstück triumphierend in die Höhe. Einen Moment lang vergaß er alles um sich herum, doch dann richtete er sein Schwert gegen die beiden Frauen. Die Wunde am Kopf blutete und seine Bewegungen waren immer noch etwas langsam, aber aus seinen Augen sprühte abgrundtiefer Hass.

Endlich stand Sorana auf den Beinen. Lemura zerrte sie mit aller Kraft zur Tür, wo bereits Kemon wartete. Doch die Alte konnte nur noch langsam humpeln. Mit ein paar Schritten hatte Hiremus sie eingeholt und stieß ihr das Schwert in den Rücken. Entsetzt schrie Lemura auf, als sie in die Augen ihrer sterbenden Großmutter blickte, während sich Hiremus' Gesicht zu einer genüßlich grinsenden Fratze verzog. Abermals hob er sein Schwert, doch das Mädchen wich blitzschnell zurück. Der Inquisitor wollte ihr folgen, aber im nächsten Augenblick war Lemura schon bei der Tür, packte Kemons Hand und verschwand mit ihm im Dunkel der Nacht. Hiremus ließ sie laufen. Er hatte das Amulett des Lichts und wenn er erst einmal den Hexenkompass besaß, würde er Lemura ohnehin wiederfinden.

Linke Seite:
Ein Schrei zog sich durch die Stille, als der Hexenjäger sich auf Sorana stürzte.

Kalvarienberg in Eisenstadt (Österreich)

Mit dem zitternden und wimmernden Dämon im Schlepptau hetzte Lemura durch den geisterhaften Wald. Der Regen hatte aufgehört und das unheimliche Licht des Mondes drang spärlich durch das Blätterdach, gerade genug, damit Lemura die Baumstämme, Äste und Wurzeln erkennen konnte. Erst in sicherer Entfernung blieb sie keuchend stehen und schaute zurück. Das Haus war zwischen den Baumstämmen kaum noch zu sehen. In dem Moment begannen die Fensterscheiben gelblich aufzuleuchten. Das Mädchen erstarrte. Da hörte es auch schon ein Knistern, das ihm durch Mark und Bein ging. Kein Zweifel: Hiremus hatte das Haus in Brand gesteckt. Nun konnten Kemon und Lemura auch einen Schatten erkennen, der vom brennenden Haus wegstapfte – direkt auf sie zu!

Oben:
Kemon und Lemura rannten in den Wald, als wäre der Teufel persönlich hinter ihnen her.

Park der Monster in Bomarzo (Italien)

Rechte Seite:
Château de Versailles bei Paris (Frankreich)

„Komm, komm!", krächzte der Dämon voll Panik und flatterte wild mit seinen Flügeln, sodass er sogar ein paar Zentimeter vom Boden abhob.
Diesmal packte er ihre Hand und zerrte sie hinter sich her. Mit Tränen in den Augen stolperte Lemura durch den finsteren Wald, aber Kemon lotste sie sicher zwischen den Baumstämmen hindurch. Hiremus schlug denselben Weg ein und grinste verschmitzt, als er seine Kapuze über den fast kahlen Schädel zog. Früher oder später würde er die beiden erwischen, das schwor er bei seiner Ehre als Hexenjäger.

„Langsam, langsam, ich falle noch hin", schimpfte Lemura und zog ordentlich an Kemons Hand, um ihn abzubremsen.
Vergeblich. Der Dämon fürchtete den Hexenjäger wie der Teufel das Weihwasser und konnte deshalb gar nicht schnell genug das Weite suchen. Halb fliegend, halb rennend zerrte er das Mädchen immer tiefer in den unheimlichen Geisterwald. Da passierte es. Eine knorrige Wurzel stellte Lemura ein Bein, sodass sie schreiend der Länge nach hinfiel.
„Schmerz lass nach und komm nie wieder", jammerte sie still in sich hinein.
Kemon eilte zurück und half ihr auf, ohne über die elegante Bauchlandung zu lästern. Beide lauschten angestrengt, ob Hiremus ihnen immer noch folgte. Nichts. Nur Stille umgab die beiden. Offenbar hatte der Inquisitor ihre Spur verloren. Doch als die Hexe wieder auf den Beinen stand, sah sie das Malheur. Ihre Habseligkeiten, die sie vor ihrer Flucht noch rasch in eine Tasche gestopft hatte, lagen weit verstreut auf dem bemoosten Waldboden. Kemon wollte ihr beim Einsammeln helfen, zögerte aber im letzten Moment. Direkt vor seinen Augen lag ein kleiner, silberner Dolch, der im Licht des Mondes aufblitzte. Seine Klinge verzierten magische Symbole, die dem Dämon zwar nichts sagten, aber Angst einflößten. In seinem Kopf begannen Alarmglocken zu läuten, die klangen wie: „Pfoten weg von diesem Ding, das gehört nur in die Hände der Besitzerin! Nicht für Dämonen unter eineinhalb Meter geeignet!"
„Mit diesem Dolch werde ich diese Bestie töten", flüsterte Lemura.

Oben:

Hart fiel Lemura zu Boden, als ihr diese Wurzel ein Bein stellte.

Geisterwald bei Huelgoat in der Bretagne (Frankreich)

Seite 44 und 45:

Park der Monster in Bomarzo (Italien)

„Das schwöre ich bei der Seele meiner Großmutter.“
Überrascht bemerkte Kemon, wie sich Lemura verändert hatte. Nicht mehr ein heißblütiges Mädchen stand vor ihm, sondern eine erwachsene Frau.

Während Lemura den Dolch in ihre Tasche steckte, suchte Kemon neugierig nach weiteren verstreuten Gegenständen. Und siehe da, unter einem Busch entdeckte er einen kleinen, ovalen Handspiegel mit Stiel. Das war schon eher nach seinem Geschmack. Ganz begeistert betrachtete er sein Spiegelbild.
„Ach, was bist du doch für ein hübsches Kerlchen“, lächelte er sich selbst zu.
„So eine Schweinerei, mich edlen Zauberspiegel auf den dreckigen Boden zu werfen. Schande über euch!“
Kemon traute seinen Ohren nicht. Hatte da eben der Spiegel gesprochen? Ungläubig starrte er auf das Glas.
„Wenn da ein Wurm daherkommt?“, schimpfte die Stimme weiter.
Kein Zweifel, die Worte ertönten aus dem Glas.

„Ja, vielleicht ein Holzwurm", gab Kemon frech zurück, nachdem er sich vom ersten Schock erholt hatte. „Der frisst sich in dich hinein und weg bist du. Staub wirst du und kannst das Spiegelglas nicht mehr halten. Zerfressen und somit unnötig, so was, so was."
Bei diesem Gedanken verging dem Spiegel alles, sogar das Schimpfen. Die vorher noch klare Oberfläche trübte sich zusehends ein und es schien, als würde er schmollen.
„Ja, ja", erklärte Kemon eifrig weiter. „Du bist auch nicht mehr der Neueste, da musst du schon mit solchen Sachen rechnen."

Ganz überzeugt von dem, was er da von sich gab, erkannte der Dämon gar nicht, was er mit seinen Worten eigentlich anrichtete. Der sonst so stolze Spiegel bekam genau dort eine Kerbe verpasst, wo es ihm am meisten weh tat. Wegen seines Alters kritisierte ihn doch tatsächlich einer, der von oben bis unten grau war.
„Dieser Zauberspiegel ist mein ganzer Stolz", erklärte nun Lemura feierlich, denn sie wusste, wie sensibel dieses Ding war. „Er wird uns helfen, Gefahren zu erkennen. Er ist wie mein zweites Gesicht und warnt mich, wenn ich in Gefahr bin."
„Huch, ich muss artig sein", dachte Kemon still bei sich. „Die sieht ja sonst alles von mir. Jede Schandtat, einfach alles. Nicht akzeptabel für einen kleinen Dämon! Verrucht, diese Hexen, wahrlich. Keinen Sinn für Humor."
„Dämon, pass auf, was du denkst!", fuhr ihn die gläserne Stimme an. „Der einzig Verruchte hier bist du. Denk an den Likör, du Saufbruder!"
Kemons Gesichtsfarbe wechselte von Grau zu Weiß. Das schaute jetzt aber gar nicht gut aus – ein Gedanken lesender Spiegel.
„Hört auf, wir haben Wichtigeres zu tun!", griff Lemura in den drohenden Streit ein und packte den Spiegel, um ihn wieder in die Tasche zu legen. Aber da hatte sie die Rechnung ohne den Wirt gemacht.
„Ich will nicht in diese dunkle Tasche", wetterte der zickige Zauberspiegel. „Da glaube ich ja, dass ich in meinem eigenen Grab liege. Außerdem ist es stickig und mir wird vielleicht übel."
Lemura fühlte sich der Versuchung nahe, ihm den Stiel umzudrehen.
„Was willst du dann?", fuhr sie ihn mit böse funkelnden Augen an.

Rechte Seite:
Durch einen unheimlichen Geisterwald flohen Kemon und Lemura vor dem Hexenjäger.

Geisterwald bei Huelgoat in der Bretagne (Frankreich)

Oben:
Nach vielen Mühen erreichten Kemon und Lemura das Ufer des Flusses der ewigen Nebel.

Geisterwald bei Huelgoat in der Bretagne (Frankreich)

„Ganz einfach. Der Graue da soll mich tragen, denn der ist noch älter und hässlicher als ich. Und es heißt ja: Umgib dich mit Hässlicheren, dann erscheinst du selbst schöner!", erklärte der Spiegel in vollem Ernst, worauf er zwei böse Blicke erntete und mit einem Ruck in der Tasche verschwand.
„Frechheit, ich bin nicht hässlich", grummelte Kemon, „und alt schon gar nicht. Ein paar Dämonen-Jährchen vielleicht, das sind umgerechnet höchstens 3000 Menschenjahre."

Lemura seufzte und suchte weiter den Boden ab. Endlich fand sie ein kleines, braunes Säckchen.
„Das ist ein Wahrheitspulver", verkündete sie. „Wer es einatmet, muss die Wahrheit sagen."
Blitzschnell hielt sich der Dämon mit beiden Händen die riesige Nase zu, während Lemura das Säckchen lächelnd in die Tasche packte. Erleichtert holte Kemon tief Luft.
„So, jetzt hast du genug herumgealbert", wies sie ihn streng zurecht. „Jetzt führ mich zum Schloss der Blutgräfin, damit wir dieses Zauber-

buch vor Hiremus finden."
„Ja, ja", nickte Kemon eifrig. „Geleite ein rauschendes Band, das flüstert im Schweigen der endlosen Nacht! So hat mir Alexa den Weg beschrieben. Wir müssen zum Fluss der ewigen Nebel."
„Aha. Und der fließt ausgerechnet durch diesen Wald?"
„In den Nächten des Blutmondes ist alles anders", erklärte der Dämon geheimnistuerisch.
Mit Kemon an der Hand und dem unguten Gefühl, dass er ihr sicher Schwierigkeiten bereiten würde, tauchte Lemura tiefer in diesen gespenstischen Wald ein als jemals zuvor in ihrem Leben. Durch die wogenden Zweige hindurch fiel das fahle Licht des Mondes. Das Mädchen hatte jedes Zeitgefühl verloren und wunderte sich nur noch über die bizarre Landschaft. Ab und zu blieben die beiden stehen und lauschten angestrengt, ob ihnen jemand folgte. Außer dem Rauschen der Blätter drang jedoch kein Laut an ihre Ohren. Irgendwann fanden sie unter einer Eiche ein trockenes Plätzchen. Erschöpft legte sich Lemura auf das weiche Moos und fiel bald in einen unruhigen Schlaf.

Oben:
Wegen der gefährlichen Mondfische wagte sich Kemon nicht in die Nähe des Wassers.

Geisterwald bei Huelgoat in der Bretagne (Frankreich)

Rechte Seite:
Riegersburg in der Steiermark (Österreich)

Den ganzen nächsten Tag irrten sie weiter durch den Wald, bis sie endlich gegen Abend ein leises Plätschern hörten. Aufgeregt deutete Kemon in diese Richtung und zog seine Begleiterin mit aller Kraft hinter sich her. Je näher sie dieser Wassermusik kamen, um so schneller begann der Dämon zu laufen, bis er schließlich jäh abbremste.
„Wusste ich's doch, hier ist der Fluss. Ich hab wirklich die beste Spürnase vor und hinter dem Mond", lobte er sich überschwänglich.
Lemura starrte auf das Gewässer, das geisterhaft blubberte. Milchige Nebelschwaden hoben und senkten sich über den sanften Wellen, so als tanzten die Flussgeister einen lockenden Reigen, der jeden Wanderer einlud, in dieses nasse Grab zu steigen, um mit ihnen mitzuschweben. Eine Gänsehaut jagte über Lemuras Rücken, hinauf und hinunter. Kemon dagegen hüpfte vergnügt von einem Bein aufs andere.
„Schau, der Mond badet in den Wellen!", rief er aufgeregt.
Tatsächlich war der Mond bereits aufgegangen und spiegelte sich der-

Oben:
Es schien, als wollten Flußgeister jeden Wanderer einladen, in das nasse Grab zu steigen.

Notre-Dame in Paris (Frankreich)

art in den Wellen, dass es aussah, als würde er baden.
„Und wohin jetzt?“, fragte das Mädchen.
„Flussabwärts“, erwiderte Kemon. „Das Schloss der Blutgräfin liegt auf einer Insel im Fluss, nicht weit von der Mündung entfernt.“

Schweigend marschierten sie am Ufer entlang, bis Lemura abrupt stehenblieb. Hinter einem Busch hatte sie ein kleines Boot entdeckt. Ehe sich der Dämon versah, schob sie das suspekte Ding ins Wasser – sehr zum Missfallen des kleinen grauen Kerls.
„Darf ich vorstellen? Unsere Wellenwiege!“, präsentierte Lemura triumphierend dieses Schreckensgebilde für Kemon.
Sie stieg ein und rief nach ihm, doch er sträubte sich plötzlich wie ein kleines Kind, das zu etwas gezwungen wurde, was es absolut nicht wollte.
„Nein, ich steige da sicher nicht ein! Kemon ist nicht lebensmüde!“, rief er trotzig.
„Komm sofort her!“, keifte sie unfreundlich aus dem schaukelnden Gefährt. „Sonst kannst du was erleben, Herr Dämon. Stell dich nicht so an! Wir müssen vor Hiremus auf dem Schloss sein.“
„Nein!“, maulte Kemon verzweifelt zurück.
Seine Angst musste riesengroß sein, denn er versteckte sich in einem Busch. Aber was ihm einen solchen Schrecken einjagte, blieb Lemura ein Rätsel.
„Bitte Kemon, bist du ein Mann oder nicht?“, versuchte sie es nun lockend und verführerisch.
„Nein, ich bin ein Dämon, kein Mann“, widersprach er bockig.
Aber Lemura ließ nicht locker.
„Glaubst du vielleicht, das Wasser frisst dich?“, zischte sie nun genervt zum Busch hin.
„Das Wasser nicht, aber diese fürchterlichen Mondfische darin“, wimmerte der ängstliche Dämon hinter den Zweigen hervor, die raschelten, was das Zeug hielt.
„Was quatschst du da schon wieder für einen Blödsinn?“, wollte das Mädchen nun wissen und erfuhr auch gleich das Problem des wie Espenlaub zitternden Dämons.
„Dort drinnen im Wasser sind Mondfische, silbrig und glänzend wie

der Mond. Wenn der Mond vom Himmel steigt, um in den Wellen zu baden, geleitet ihn nämlich eine Horde riesiger Fische, um ihn zu bewachen. Mit ihren nadelscharfen Reißzähnen zerfleischen sie alles und jeden, der in die Nähe des badenden Mondes kommt. Ich bin doch nicht verrückt und präsentiere mich diesen Ungeheuern als Mahlzeit."
Es schien ja einleuchtend, was Kemon mit der ihm eigenen Logik da faselte, aber Lemura klärte ihn auf, dass der einzige Mondfisch weit und breit in seinem grauen Kopf schwämme und sich schon seines kleinen Gehirns bemächtigt hätte.
„Wenn du nicht im Boot mitfährst, dann fliegst du eben über den Fluss", herrschte sie Kemon böse an und wollte schon ablegen. „Und wenn du Höhenangst hast, fliegst du eben tiefer."
„Kemon kann trotzdem nicht so weit fliegen", erklärte er wie ein armer Sünder und blickte dabei das Mädchen wie ein unschuldiges Lämmchen an.
„Und warum nicht?"
„Weil Kemon ein ganz kleiner Dämon ist, mit ganz kleinen Flügeln."
Jetzt hatte Lemura endgültig die Nase voll. Sie wollte das Boot mit dem Ruder vom Ufer abstoßen, als ihr plötzlich eine geniale Idee durch den Kopf schoss.
„Meinen kleinen Zauberspiegel kennst du ja noch?", umgarnte sie Kemon falsch wie eine Schlange, während sie verschmitzt grinste. „Wie du weißt, zeigt er mir alles und warnt mich, wenn Gefahr droht."
Sie kramte den eigensinnigen Spiegel aus ihrer Tasche hervor, der sofort lauthals protestierte: „Lass mich, ich will wieder in meine sichere Tasche! Ich habe alles gehört von den Mondfischen und so. Leg mich wieder zurück! Ich befehle es, Hexlein!"
Aber alles Jammern half nichts und als Lemura damit drohte, seinen Griff umzubiegen, verstummte er schleunigst und tat seine Pflicht, wie es sich für einen braven Zauberspiegel gehörte. Der Dämon überlegte. Er musste dem Mädchen wohl oder übel vertrauen, und so stieg er mit zitternden Knien in das Boot. Sofort griff er nach dem Spiegel und stierte wie hypnotisiert hinein. Zu seiner Beruhigung zeigte der Spiegel keine Gefahr, sondern nur sein eigenes Spiegelbild.
„Ach, bist du schön", hauchte Kemon selbstverliebt und vergaß seine Angst. „Irgendwann muss sie dich lieben, so einen wunderbaren, voll-

Rechte Seite:
In weiter Ferne tauchte das unheilvolle Schloß der Blutgräfin auf.

Mont Saint-Michel in der Bretagne (Frankreich)

endeten Dämonen."
Erschöpft von dem endlosen Überzeugungsgespräch begann Lemura zu rudern. Sollte sie jemals wieder in eine Hexenküche kommen, würde sie sich zuerst einen Magenberuhigungstee brauen, so viel stand fest.

Die Wellen trieben das kleine Boot vor sich her, während die Nacht hereinbrach. Doch plötzlich ließ die Strömung nach und Stille legte sich über den Fluss. Jeder Ruderschlag, der ins Wasser eintauchte, gab ein Echo wieder. Direkt unheimlich und verräterisch.

In diesem Augenblick lichtete sich der Nebel ein wenig und die beiden konnten in einiger Entfernung die Silhouette eines riesigen Schlosses erkennen, das auf einer felsigen Insel über dem Fluss thronte. Wie ein Geisterboot trieben sie immer näher an das unbekannte Gestade heran, und wie aus dem Nichts tauchten Bäume und Büsche auf, doch nicht ein Hauch regte ihre Blätter und Äste.

Etwas Bedrückendes lag in der Luft, und Kemon umklammerte den Zauberspiegel immer fester. Nicht einmal sein eigenes schönes Spiegelbild konnte ihn mehr erfreuen. Da wurde die Oberfläche plötzlich trüb. Verdutzt klopfte Kemon auf den Spiegel, damit dieser wieder seinen Dienst tue, als plötzlich das grausam lachende Gesicht von Hiremus auftauchte. Kemon erschrak fürchterlich, denn er glaubte, der Inquisitor säße im Boot. Voll Panik breitete der Dämon seine Flügel aus und flog laut schreiend ans Ufer, den Spiegel immer noch in der Hand, der genauso laut schrie.

Durch den abrupten Abflug verlor Lemura das Gleichgewicht und wäre fast gekentert. Zum Glück erreichte sie mit ein paar Ruderschlägen das Ufer.
„Jetzt reicht's mir aber mit dir, verschwinde!", fauchte sie Kemon an und nahm ihm im selben Moment den Zauberspiegel weg.
Der alte Spiegel kreischte und brüllte um sein Glas, denn Lemura spie Gift und Galle und schwenkte ihn durch die Luft, als wollte sie damit Kemon verscheuchen. Doch der Kleine stand nur da wie ein begos-

Rechte Seite:
Stolz thronte das Schloß auf einer felsigen Insel über dem Fluß.

Mont Saint-Michel in der Bretagne (Frankreich)

sener Pudel und versuchte sich zu rechtfertigen, aber das Mädchen hörte ihm nicht mehr zu.
„Der Dämon ist nur deshalb erschrocken, weil ich ihm die Gefahr gezeigt habe", mischte sich jetzt der Spiegel in den Streit ein. „Schau mich sofort an, sonst werde ich böse und breche!"
Der Spiegel zeigte abermals das Bild des Hiremus, der wie der Höllenfürst persönlich grinste. Dahinter zeichnete sich der Schatten eines Schlosses ab, und Lemura blieb fast das Herz stehen, als sie genauer hinschaute: Es war dasselbe Schloss, das vor ihr im Nebel aufragte. Der Inquisitor musste also ganz in der Nähe sein.

Wie recht sie hatte. Zielstrebig stieg Hiremus zum Schloss der Blutgräfin hoch. Der Weg führte durch einen bizarren Park mit riesigen Statuen. Oder waren es Monster, die auf der Lauer lagen? Durch den

Oben:
Durch einen bizarren Park stieg Hiremos zum Schloß der Blutgräfin empor.

Mont Saint-Michel in der Bretagne (Frankreich)

Rechte Seite:
Park der Monster in Bomarzo (Italien)

Nebel schien die Grenze zwischen Phantasie und Wirklichkeit zu verschwimmen. Zum ersten Mal in all den Jahren als Hexenjäger verspürte er ein mulmiges Gefühl und fragte sich, ob er es wagen sollte, dieses finstere Gemäuer zu betreten.
„Wie in der Hölle", dachte er und ahnte nicht, wie Recht er damit hatte. Denn das Schloss der Blutgräfin barg ein dunkles Geheimnis.

Linke Seite:
Rosenburg im Waldviertel (Österreich)

Rechte Seite:
Park der Monster in Bomarzo (Italien)

Durch den unheimlichen Nebel pirschten sich Kemon und Lemura an das Schloss heran, das vor ihnen auf einer kleinen Anhöhe über den Fluss wachte. Der Dämon ergriff die Hand des Mädchens, um Frieden zu schließen. Zu bedrohlich wirkte alles rund um ihn. Lemura verspürte dasselbe beklemmende Gefühl. Es kam ihr so vor, als würden tausend Augen aus dem Nebel heraus auf sie starren.

„Na, grüßen wir nicht, wenn wir uns in einen fremden Park einschleichen?"
Den beiden gefror das Blut in den Adern. Wie angewurzelt blieben sie stehen und starrten in die Nebelwand. Wo kam diese hohle Stimme her? Sie konnten keinen Menschen erkennen, lediglich die schemenhaften Umrisse einer riesigen Vase, die vor ihnen auf dem Boden stand. Vorsichtig traten die beiden näher heran und konnten es kaum fassen: An der Vorderseite der Vase bewegten sich doch tatsächlich zwei Steinköpfe, die mit ihren boshaft funkelnden Augen eher Teufeln glichen als Menschen.

„Kommt her, ihr beiden! Ich will euch beäugen", befahl nun der Kopf auf der rechten Seite und sein Unterton ließ keinen Zweifel daran, wie ernst er es meinte.
Zögernd traten Kemon und Lemura vor die Vase.
„Ich möchte mich entschuldigen, meine Herren", erklärte Lemura artig wie ein Schulmädchen. „Aber wir haben euch nicht gesehen."
„Das hat etwas", meinte der rechte Kopf. „Weil ihr so höflich seid, will ich euch warnen. Flieht, solange ihr noch könnt! In dieser Nacht werden grauenvolle Dinge passieren."
Wie auf ein Stichwort hin vernahm Lemura just in diesem Augenblick ein bedrohliches Rascheln hinter sich und drehte sich erschrocken um. Keine Spur von Kemon weit und breit. Dafür wackelte der ganze Busch, der ein paar Meter hinter ihr stand, begleitet von einem eigenartigen Klappergeräusch.
„Womit hab ich das verdient?", seufzte Lemura und ging auf den zitternden ‚Kemonbusch' zu.

Linke Seite:
Als Kemon und Lemura durch den Park schlichen, begegneten sie zwei grimmigen Wächtern.

Château de Versailles bei Paris (Frankreich)

Hinter dem Blättervorhang kamen zwei Hörner zum Vorschein. Der kleine Dämon hatte solche Angst, dass er wie Espenlaub zitterte. Das seltsame Geräusch stammte von seinen aufeinander schlagenden Zähnen, wie die Hexe nun herausfand.

„Pssst!", befahl sie. „Mach nicht so ein Theater!"

Prompt hielt Kemon inne und versuchte, seine riesige Furcht zu verbergen, doch so sehr er sich auch bemühte, er zitterte und klapperte, dass es eine Freude war.

„Du hast ja keine Ahnung", flüsterte er, so gut es ging. „Auf diesem Schloss geht nichts mit rechten Dingen zu. Nicht einmal Alexa wagte es, darüber zu sprechen."

„Papperlapapp!", widersprach der Kopf auf der linken Seite, der offenbar alles verstanden hatte. „Tretet nur ein, die Gräfin freut sich über jeden Besuch!"

„Ja, das stimmt", lachte der Rechte höhnisch auf. „Deshalb lässt sie ihre Besucher auch gar nicht mehr gehen."

„Ach, so ist das!", keifte der andere Kopf zu seinem Nachbarn aus Stein. „Du verbündest dich mit den Eindringlingen? Warum erzählst du ihnen nicht gleich das ganze Geheimnis dieses Schlosses und der Blutgräfin?"

„Aha? Welches Geheimnis denn?", fragte Kemon neugierig und lugte aus dem Busch hervor, handelte sich aber nur einen abschätzigen Blick und ein verächtliches „Verschwinde, du hässlicher Vogel!" ein.

„Das könnte dir so passen", konterte der linke Kopf. „Niemand verschwindet! Gerade jetzt findet im Schloss ein großer Ball statt. Ihr müsst unbedingt hin, da werdet ihr euch köstlich amüsieren."

„Bis Mitternacht!", ergänzte der andere Kopf. „Bis die Gräfin das *Luna sanguinea...*"

„Halt die Klappe!", donnerte sein Ebenbild erbost.

Lemura hatte genug gehört. Blitzschnell packte sie Kemon, der so überrascht war, dass er keine Gegenwehr leistete, und zog ihn aus dem Busch heraus. Vorsichtig schlichen die beiden an den Streithähnen vorbei, die sich erbitterte Wortgefechte lieferten, aber Lemura kümmerte sich nicht mehr darum. Sie spähte nach links und rechts. Aus dem Nebel tauchten bizarre Gestalten auf, so eigenartig, dass sich das Mädchen fragte, ob nicht ihre Phantasie mit ihr durchging.

Rechte Seite:
Die gespenstischen Steinwächter im Schloßpark jagten Kemon eine Höllenangst ein.

Park der Monster in Bomarzo (Italien)

„Siehst du das auch?", fragte sie den Dämon.
Als Antwort bekam sie nur ein Zähneklappern. Anscheinend sah Kemon dasselbe wie sie: Einen riesigen Kopf mit einem weit aufgerissenen Maul, das wie der Eingang zur Hölle wirkte. Ein Elefant mit einem Turm auf seinem Rücken. Ein alter Mann, der ihnen spöttisch zugrinste, und ein Drache, der gegen zwei Löwen kämpfte. Es schien, als wären diese Figuren einmal lebendig gewesen und von der Blutgräfin durch einen bösen Fluch versteinert worden. Kemon lief ein eisiger Schauer über den Rücken. Für einen Dämon gab es keinen schlimmeren Alptraum, als in Stein verwandelt zu werden. Wie viele seiner Artgenossen hatte dieses Schicksal schon ereilt? Nun mussten sie als Wasserspeier und Figuren aller Art auf Kirchen, Kathedralen und Schlössern wachen, ohne sich gegen den Zahn der Zeit wehren zu können, der an ihnen nagte. Was für ein graues Leben, ohne Licht in den Herzen!

Linke Seite und oben:
Für einen Dämon gibt es keinen schlimmeren Alptraum als in Stein verwandelt zu werden.

Notre-Dame in Paris (Frankreich)

Auch Lemura war nicht wohl zumute, als das Schloss immer näher kam. Die hohen Rundbogenfenster glichen Augen der Hölle, und das riesige Tor ähnelte einem offenen Maul, dem nur die Zähne fehlten. Voll böser Vorahnungen zog sie ihren Zauberspiegel aus der Tasche. Diesmal verspürte sie jedoch wenig Lust, sich auf langwierige Diskussionen mit ihrem eigenwilligen Spiegel einzulassen, und streute deshalb eine kleine Prise Wahrheitspulver auf die Glasfläche.
„Zeige mir die Gefahr!“, befahl sie.
Tatsächlich zeigte er ohne Murren das Bild von Hiremus, wie er gerade durch einen schmalen, halbdunklen Gang schlich. Lemura konnte es kaum glauben. Der Hexenjäger war ihr einen Schritt voraus. Und sie wäre ihm womöglich direkt in die Arme gelaufen, hätte sie nicht auf ihre innere Stimme gehört.
„Danke, Spiegel“, lobte sie ihn leise.
„Na, es wurde aber auch mal Zeit, sich zu bedanken. Ich komme mir ja vor wie irgendein Ding vom Dienst.“
Damit fiel er wieder hart in die Tasche, als Antwort auf seine Beschwerde.

Plötzlich ging ein Fenster auf und leise Musik klang zu ihnen herüber. Wunderbare Töne einer verzauberten Melodie, die nicht von dieser Welt zu sein schien. Dazu mischten sich geselliges Lachen und die freudigen Klänge eines Festes, während draußen ein kleiner und ein großer Schatten die Mauer entlang trippelten, drei Fenster kreuzten, über Steine stolperten, fluchten und zum Schluss über ein paar Stufen hinab zu einem kleinen Hintereingang schlichen, der in das Kellergewölbe führte. Mit einem verräterischen Quietschen sprang die Tür auf. Lemura deutete dem Dämon, nicht zu sprechen, und er deutete ihr, dass er schweigen würde wie ein Grab. Die Hexe ging lautlos auf Zehenspitzen durch einen spärlich erleuchteten Gang, als sie hinter sich ein Trippeln hörte, gerade so, als würde ihr eine riesige Maus folgen.
„Pssst!“
„Ich kann nicht anders“, entschuldigte sich Kemon. „Ich habe nun mal keine Schuhe an.“
Zum Glück schien sie niemand zu bemerken, also ließ Lemura den Dämon gewähren. Er wollte sie ja nicht absichtlich verraten.

Rechte Seite:
Wie eine geschmeidige Katze pirschte sich Lemura an den Eingang des Schlosses heran.

Rosenburg im Waldviertel (Österreich)

Im Gegenteil. Kemon nahm seine Schleicherei total ernst und drückte sich wie ein Einbrecherprofi einmal links und einmal rechts an die Wand. Begleitet von einem leisen ‚Trapp, Trapp'. In seinem Übermut schlich er sogar voraus, spähte als Erster um die nächste Ecke und winkte Lemura, dass die Luft rein sei. So durchquerten sie das gruselige Kellergewölbe, bis sie zu einer Treppe kamen. Ganz in seinem Element huschte Kemon hinauf und da passierte es: Gerade in dem Augenblick, als er den Treppenabsatz erreichte, bogen zwei Ballgäste um die Ecke. Kemon erstarrte und stand da wie ein Steindämon mit offenem Maul, während Lemura am unteren Ende der Treppe in Deckung ging.
„Jetzt ist es aus", dachte sie.
Tausend Gedanken schossen ihr gleichzeitig durch den Kopf, was sie tun könnte. Doch zu ihrer Verwunderung hörte sie, wie die beiden Gäste lachend an Kemon vorbeigingen.
„Brrr, ist der aber hässlich", höhnte der eine.
„Ja, den würde ich mir nicht mal in den Garten stellen", amüsierte sich

Oben:
Im hell erleuchteten Ballsaal tanzten die maskierten Gäste zu verführerischer Musik.

Schloß Grafenegg im Waldviertel (Österreich)

Rechte Seite:
Château de Versailles bei Paris (Frankreich)

der andere lautstark. Kemon zog es alles zusammen.
„Euch werde ich es zeigen!", schwor er bei seiner Ehre. „Mich, den schönsten Dämon, so zu beleidigen."
Eingeschnappt fing er an, hinter dem Rücken der beiden Grimassen zu schneiden, ihnen die Zunge nachzustrecken, die lange Nase zu zeigen und vieles mehr. Aber gerade als er so richtig in Fahrt kam, packte ihn eine Hand und mit einem Ruck stand er in einer halbdunklen Kammer.
„Hast du nur Flausen in deinem grauen Schädel?", fuhr ihn Lemura gereizt an und gab ihm einen Klaps zwischen die Hörner.
„Ich bin nicht hässlich und außerdem, dir kann ich auch nichts recht machen", setzte sich Kemon gegen diese Anschuldigung zur Wehr. „Ihr Frauen glaubt ja wirklich, ihr könnt einem alles vorschreiben, was ihr wollt, und mich herumkommandieren, wie es euch gefällt. Jetzt reicht 's mir, es steht mir bis zu den Hörnern, ich gehe. Such doch allein nach dem Buch. Anscheinend störe ich eh nur und hab Flausen im Kopf!"
Lemura zog es vor, nichts zu erwidern und ließ ihn weitergrummeln.
„Hässlich, was für ein Wort", brummte er angefressen in seinen Bart. „Seit ich mich mit Lemura abgebe, höre ich nur Gemeinheiten. Das ist nicht gut für mich und schadet meinem Ruf als klügster, nettester und vor allem schönster Dämon der Geisterwelt."

Impulsiv riss er die Tür auf, als Lemura ihn mit einem heftigen Ruck zurückzog und ankeifte: „Mir reicht 's jetzt auch! Ich habe dich nicht gebeten, Hiremus zu unserem Haus zu führen. Meine Großmutter ist gestorben, weil du…! Ach was, vergiss es und geh. Ich habe mir das alles auch nicht ausgesucht."

Sie gab sich geschlagen. Tränen füllten ihre Augen, die gequält im Raum umherwanderten, als ob sie nach etwas suchen würden, nach Hilfe in irgendeiner Form. Doch abgesehen von Spinnweben konnte Lemura nichts erkennen. Außer ...? Sie bekam schmale Augenschlitze und ging auf einen Tisch zu, auf dem Kleider lagen. Jetzt, wo durch die halboffene Tür ein Lichtstrahl in die Kammer fiel, erkannte sie an der hinteren Wand auch einen riesigen Kleiderschrank, voll gefüllt mit den herrlichsten Kostümen in den verschiedensten Größen und Farben,

Rechte Seite:
Durch ein finsteres Kellergewölbe drangen Kemon und Lemura in das Schloß ein.

Cathédrale Saint-Denis bei Paris (Frankreich)

die denen des Regenbogens in nichts nachstanden, mit feinster Seide ausgeschmückt und Spitze aus den teuersten Materialien. Daneben hingen reich verzierte Masken an der Wand.

Kemon, der sich natürlich nicht wie angekündigt von dannen getrollt hatte, gesellte sich zu Lemura. Auch ihm fielen fast die Augen aus dem Kopf. So edle Kleider in den Farben des Himmels hatte er nie zuvor gesehen.
„Kann ich eines davon haben?“, erkundigte er sich leise.
Und ob er eines haben durfte. Während Lemura andächtig die edlen Damengewänder bestaunte, suchte Kemon verzweifelt nach einem Männerkostüm in seiner Größe. Vergeblich. Zum Glück fand das Mädchen etwas Passendes. Zwar etwas anderes, als es sich der Dämon vorgestellt hatte, aber nach einem kurzen Kampf und einem Hieb auf die Hörner zierte ihn ein hübsches, bodenlanges, violettes Kleidchen. Sogar mit süßen Rüschen und passend dazu ein Häubchen aus demselben Stoff. Verziert mit goldenen Bändchen, die – zu einer Schleife gebunden – ausgesprochen putzig wirkten.
„So ein süßes Mädchen“, neckte ihn Lemura zu allem Überfluss.
Der Dämon brachte keinen Ton heraus. So viel Frechheit hätte er diesem Weibsbild nicht zugetraut.
„Das wirft einen Schatten auf unsere Beziehung“, dachte er schockiert.
Diese Frau hatte ihn seiner Männlichkeit beraubt, das würde er ihr niemals verzeihen. Mit großen Kulleraugen starrte er gerade nach vorne und fühlte sich geschändet wie noch nie zuvor in seinem Leben. Lemura erklärte ihm lächelnd, dass dies alles nur als Mittel zu einem guten Zweck diene.
„Ich muss das Zauberbuch vor Hiremus finden. Komm mit oder lass es!“, verkündete sie entschlossen, setzte ihre Maske auf und war auch schon weg.
Kemon wollte nicht alleine zurückbleiben, also trippelte er artig hinter einer ganz in Gold gehaltenen Dame her. Golden wie der Sommersonnenschein und schlank wie eine Grazie.
„Mit dem Gang einer kleinen Kuh“, bemerkte Kemon trocken.
Schlagartig drehte sich Lemura um.

Rechte Seite:
Verkleidet mischten sich Kemon und Lemura unter die anderen Ballgäste.

Schloß Grafenegg im Waldviertel (Österreich)

„Hab ich dich um deine Meinung gebeten?", fuhr sie ihn beleidigt an. „Nein. Wenn ich sie hören will, dann frage ich dich. Glaubst du, mit diesem Schuhwerk kann ich gehen? Nein! Also lass mich in Ruhe. Selber trippeln wie eine Maus, aber dumm daherreden."
Kemon schmunzelte, zog es jedoch vor zu schweigen. Hauptsache, er hatte seine Rache. Aber eines musste er zugeben: Lemura sah wunderschön aus in ihrem Kleid, wie eine Königin, nicht wie eine Hexe. Hingerissen folgte er ihr durch die prunkvollen Gänge, während er seine Maske zurecht rückte, um besser sehen zu können. Einige Ballgäste schlenderten an ihnen vorüber, ohne die beiden eines einzigen Blickes zu würdigen. Zum Glück hatten die Vorbeiziehenden nur Augen für sich selber oder suchten ein verborgenes Plätzchen. Lemura wollte gar nicht mehr wissen. Das frivole Gelächter und Getue ließen vermuten, dass hier nicht alles ganz sittsam zuging.

Verstohlen zog das Mädchen den Zauberspiegel hervor. Ohne Widerstand zeigte er das Bild von Hiremus. Lemura erstarrte. Der Inquisitor befand sich bereits in der Bibliothek und suchte die riesigen Bücherregale nach dem *Luna Sanguinea* ab. Bisher offenbar ohne Erfolg, doch er schien auf der richtigen Spur zu sein.
„Wir müssen die Bibliothek finden!", flüsterte die Hexe zu Kemon.
Keine Antwort. Verdutzt drehte sie sich um. Ihre kleine ‚Begleiterin' war verschwunden.
„Was stellt er jetzt wieder an?", stöhnte Lemura und verdrehte die Augen, als wollte sie ein Stoßgebet zum Himmel schicken.
Sie kehrte um und warf hastige Blicke in alle Seitengänge. Plötzlich vernahm sie eine bekannte Stimme und bog wütend in einen kleinen Seitengang ein. Als sie um die nächste Ecke kam, blieb sie wie angewurzelt stehen. Vor ihr ragte ein mächtiger, furchterregender Dämon in die Höhe, der hier offenbar Wache hielt. Neben ihm stand Kemon, nicht einmal halb so groß, der mit seinem Kleidchen wie ein aufgeputzter Weihnachtsbaum in Violett wirkte, mit Bändern links und rechts. Als er hinter sich Schritte hörte, drehte er sich erschrocken um, atmete aber erleichtert auf, als er Lemura sah.
Freudig stellte er ihr den riesigen Dämon vor: „Das ist Sorax."
Lemura verspürte ein mulmiges Gefühl, als sie in Sorax' glühende Au-

Rechte Seite:
Schloß Grafenegg im Waldviertel (Österreich)

gen starrte. Er rührte sich jedoch nicht von der Stelle, sondern warf ihr nur einen strengen Blick zu.
„Wir könnten mal zusammen einen trinken gehen", plapperte Kemon fröhlich drauflos.
Verächtlich hob Sorax den Kopf, um demonstrativ zu zeigen, dass er mit dieser halben Portion in Frauenkleidern nichts zu tun haben wollte. Aber Kemon beachtete diese Geste gar nicht.
„Habt ihr einen guten Weinkeller?", quasselte er weiter. „Mein liebster Jahrgang ist 1512. Es gibt zwar Leute, die meinen, 1514 sei besser, aber …"
Sorax stieß einen leisen Seufzer aus. Lemura fiel es nicht schwer, seine Gedanken zu erraten: Wie konnte er dieses nervige Plappermaul loswerden?
„Kemon!", unterbrach ihn das Mädchen. „Wir müssen die Bibliothek finden, und zwar schnell."
Das war das Stichwort für Sorax.
„Es gibt einen Geheimgang zur Bibliothek", verkündete er mit einer ungewöhnlich tiefen Stimme.
Ohne eine Antwort abzuwarten, drehte er sich um und führte Kemon und Lemura mit mächtigen Schritten zum Ende des Flurs, wo er einen kaum erkennbaren Hebel in der Holztäfelung hochzog und eine Geheimtür öffnete. Vorsichtig spähte das Mädchen in den finsteren Gang. Sorax griff zu einem der Leuchter hoch, nahm eine Kerze herunter und drückte sie Lemura in die Hand.
„Die erste Tür nach der Wendeltreppe", meinte er barsch.
Offenbar war er kein Freund vieler Worte. Das Mädchen trat in den Gang, nahm die Maske ab und wartete auf Kemon, der jedoch keine Anstalten machte, ihr zu folgen.
„Ich möchte noch ein wenig mit meinem Freund plaudern", erklärte er.
Sorax starrte wütend auf den kleinen Kerl hinunter. Ehe Lemura etwas einwenden konnte, knallte der riesige Dämon erbost die Türe zu. Durch das dünne Holz hindurch hörte die Hexe noch die dumpfe Stimme von Sorax, der etwas von „Wein" sagte und Kemon offenbar wegführte, denn die Schritte entfernten sich.
Lemura überlegte kurz, ob sie versuchen sollte, die Türe wieder zu öff-

Linke Seite:
Sorax, ein furchteinflößender Dämon, führte Kemon und Lemura zu einem Geheimgang.

Notre-Dame in Paris (Frankreich)

nen, entschied sich dann aber, alleine nach dem Zauberbuch zu suchen. Im Schein der Kerze schlich sie durch den Gang, erreichte nach kurzer Zeit die Wendeltreppe und kam zur Tür. Nach einigem Suchen fand sie einen winzigen Hebel und öffnete die Türe. Mit stockendem Atem riskierte Lemura einen Blick durch den schmalen Spalt. Sie konnte zwar nur Bücher sehen, hörte aber, dass sich jemand in der Bibliothek befand. Wahrscheinlich Hiremus, dem schweren Keuchen nach zu urteilen. Also hatte er das *Luna Sanguinea* noch nicht gefunden.

Während Lemura krampfhaft überlegte, was sie tun sollte, fiel ihr Blick auf die Maske, die sie noch immer in der linken Hand hielt. Keine Frage: In diesem Kostüm und mit dieser Maske würde Hiremus sie nie-

Oben:
Burg Karlstein bei Prag (Tschechien)

mals erkennen. Sie musste nur entschlossen genug auftreten, als wäre sie ein Ballgast, der sich eben für Bücher interessierte. Vielleicht fühlte sich Hiremus ertappt und würde die Flucht ergreifen? Vielleicht würde er aber auch sein Schwert ziehen? Wie auch immer, sie musste es versuchen. So setzte sie ihre Maske auf und trat in die Bibliothek. An der gegenüberliegenden Wand stand Hiremus, wie sie es befürchtet hatte. Erschrocken drehte er den Kopf zu ihr. Auch er trug eine Maske, hatte aber seine Mönchskutte an. Er hielt kurz inne und überlegte. Gebannt wartete Lemura, was nun passieren würde – jederzeit bereit, zurück in den Geheimgang zu flüchten. Doch Hiremus wandte sich wieder den Büchern zu und ließ sich nicht weiter stören.

„Na gut", dachte Lemura, „dann suchen wir eben beide."
Die Bibliothek war riesengroß und erstreckte sich über zwei Räume. Es würde eine Ewigkeit dauern, alle Bücher abzusuchen. Deshalb holte Lemura ihren Zauberspiegel hervor und tat so, als wollte sie nur ihre Frisur kontrollieren. Im Spiegel sah sie, wie Hiremus ab und zu einen kurzen Blick zu ihr herüber warf.

„Zeige mir das *Luna Sanguinea*!", flüsterte das Mädchen zum Zauberspiegel.
Aber das freche Ding zeigte nur die Steinplatten des Fußbodens. In dem Moment hörte Lemura Schritte aus dem Nebenraum. Sie wollte zurück zum Geheimgang, denn ansonsten gab es weit und breit kein Versteck. Da sah sie zu ihrem Entsetzen, wie Hiremus mit Riesenschritten auf den Geheimgang zueilte, um sich darin zu verbergen. Was tun?
„Frechheit siegt!", dachte Lemura und spielte weiter die Rolle eines Gastes, der sich zufällig in die Bibliothek verirrt hatte.
Fünf Diener betraten den Raum und gingen zielstrebig auf eine große Steinplatte in der Mitte zu. Als sie das Mädchen bemerkten, kam einer von ihnen herüber und bat Lemura höflich, die Bibliothek zu verlassen. Während sie langsam hinausschlenderte, hielt sie ihren Spiegel in die Höhe und zupfte an ihren Haaren. In Wirklichkeit beobachtete sie jedoch, wie die vier Männer hinter ihr die schwere Steinplatte hoben und der Fünfte ein riesiges Buch herausnahm, das darunter verborgen lag.
„Ich hab 's dir ja gezeigt, wo das Buch liegt", meckerte der Zauberspiegel.

„Aber mir glaubt man ja nie was."
Lemura seufzte und ließ den Arm wieder sinken. Ganz langsam schlenderte sie weiter, um nicht aufzufallen, aber doch noch beobachten zu können, was nun mit dem Buch geschah. Da hörte sie die Schritte der Männer näherkommen. Ihr Herz klopfte bis zum Hals. Die Diener gingen direkt an ihr vorbei. Schnell warf sie einen verstohlenen Blick auf das *Luna Sanguinea*. Genau wie Kemon es beschrieben hatte: ein dicker, alter Wälzer mit Ledereinband, aber ohne Titel.

So lautlos wie möglich folgte Lemura der kleinen Gruppe, die mit schnellen Schritten um die Ecke bog und eine breite Marmortreppe hinabstieg. Während die Hexe hinterhereilte, hörte sie, wie die Musik lauter wurde. Sie konnte es kaum glauben: Das Buch wurde zum Ballsaal getragen. Je näher sie kamen, desto mehr Gäste begegneten ihnen in dem breiten, hohen Gang. Unmittelbar vor dem Saal bogen die Diener jedoch nach rechts in einen Seitengang ab. Als Lemura um die Ecke spähte, sah sie gerade noch, wie eine wuchtige Eisentür ins Schloss fiel. In dem Moment hörte sie direkt neben sich ein schweres Keuchen. Hiremus! Er war ihr und den Männern gefolgt, schöpfte aber immer noch keinen Verdacht. Anscheinend interessierte er sich nur für das Buch.

Mit klopfendem Herzen entfernte sich Lemura so schnell wie möglich und eilte zum Ballsaal. Am Eingang blieb sie jedoch kurz stehen, hob ihren Spiegel in die Höhe und sah, wie Hiremus immer noch unschlüssig dastand. Beruhigt ging sie weiter und mischte sich unter die Tanzenden, um nicht aufzufallen. Wie sollte sie an das Buch kommen? Wie konnte sie Hiremus überlisten? Und überhaupt: Wo war Kemon geblieben?

Um nach all der Aufregung ihre Gedanken zu ordnen, brauchte sie erst einmal ein ruhiges Plätzchen. So tänzelte sie elegant zwischen den Gästen hindurch zum anderen Ende des Saals, wo ein köstliches Buffet stand. Zuerst genehmigte sie sich aber einen Schluck Wein, denn andere Getränke gab es nicht.
„Hicks!"

Linke Seite:
Schloß Herberstein in der Steiermark (Österreich)

Lemura traute ihren Ohren nicht. Kein Mensch stand in ihrer unmittelbaren Nähe. Wo war dieses ‚Hicks' hergekommen? Mit den schlimmsten Vorahnungen schielte sie verstohlen nach unten und fiel vor Schreck fast um, als sie sah, wie eine graue Hand unter dem Tischtuch hervorkam, nach einer vollen Karaffe Wein tastete und diese unter den Tisch zog, begleitet von einem „Hicks, Hicks!"

Verärgert bückte sich das Mädchen, hob das Tischtuch hoch und starrte direkt in zwei leuchtend gelbe Augen.
„Auweia", entfuhr es Kemon.
Um einer Strafe zu entgehen, ergriff er vorsorglich die Flucht und schlüpfte auf der anderen Seite des Tisches heraus. In seinem violetten Rüschenkleidchen wackelte er durch den Ballsaal und verneigte sich mit gekonnten Verrenkungen. Aber nicht vor den Herren, sondern vor den Damen! Lemura schwor sich eines: Sie würde ihn nach all dem, was er ihr angetan hatte, an einem Fahnenmasten hochziehen und seinen Hirnkasten beim nächsten Sturm durchwehen lassen, um ihm seine Flausen auszutreiben.

So schnell wie möglich eilte die Hexe hinter dem Trunkenbold her. Endlich konnte sie ihn schnappen und in eine Ecke ziehen. Da erstarrte sie: Hiremus kam direkt auf sie zu! Offenbar hatte er alles beobachtet und nun doch Verdacht geschöpft. Geistesgegenwärtig packte Lemura den betrunkenen Dämon an der Hand und mischte sich wieder unter die Tanzenden. In dem Moment begann die Turmuhr dumpf zu schlagen. Beim zwölften Glockenschlag wussten die beiden, die Geisterstunde war angebrochen. Wie auf Befehl verstummte die Musik und alle Tanzenden hielten abrupt inne. Da öffnete sich eine hohe Flügeltür, und eine große, schlanke Dame betrat den Saal. Sie trug eine reich verzierte, goldene Maske, ein elegantes schwarzes Kleid und einen langen, roten Ledermantel, der bis zum Boden reichte. Kein Zweifel: die Blutgräfin!

Begleitet von einer Dienerin, die als einzige keine Maske trug, schritt die Blutgräfin mit stolz erhobenem Haupt durch die Menge, die vor ihr zurückwich und sich tief verbeugte. Dabei vernahm Lemura ein ehrfurchtsvolles Raunen, das durch den Saal ging, und schnappte Sätze

Rechte Seite:
Zur Geisterstunde geschahen auf dem Schloß grauenhafte Dinge.

Sacré-Cœur in Paris (Frankreich)

wie „Ihr verdanken wir das ewige Leben!“ auf. Entgeistert blickte das Mädchen um sich. Wer oder was verbarg sich hinter den Masken? Menschen aus Fleisch und Blut oder Untote?

Es blieb keine Zeit zum Grübeln, denn Lemura erkannte, dass die Blutgräfin zielstrebig den ganzen Saal durchquerte und auf jenen Gang zusteuerte, in den die Männer mit dem Zauberbuch eingebogen waren. Ohne lange zu überlegen, zwängte sich das Mädchen mit Kemon im Schlepptau durch die Gäste hindurch und folgte der Gräfin, die bereits den Saal verlassen hatte und tatsächlich in jenen Seitengang einbog. Als Lemura die Stelle erreichte, sah sie, dass die schwere Eisentüre offen stand. Sie schaute kurz zurück zum Saal, ob Hiremus ihr folgen würde. In diesem Moment fing die Musik wieder an zu spielen und die Gäste setzten den Tanz fort. Von Hiremus keine Spur. So schlich Lemura zur Eisentüre. Vor ihr lag eine steile Treppe, die in ein unterirdisches Gewölbe führte. Mit einem mulmigen Gefühl stiegen das Mädchen und der Dämon die Stufen hinab, denn sie spürten, dass dieses Gewölbe ein schreckliches Geheimnis barg.

Rechte Seite und oben:
Durch ein dunkles Gewölbe schlichen Kemon und Lemura der Blutgräfin nach.

Mont Saint-Michel in der Bretagne (Frankreich)

Oben:
Friedhof der Namenlosen in Wien (Österreich)

Rechte Seite:
Mariasdorf im Burgenland (Österreich)

Das unruhig zuckende Licht der Fackeln warf gespenstische Schatten an die Wand, als Kemon und Lemura durch die verwinkelten Gänge tappten. Von der Blutgräfin und ihrer Dienerin war kein Laut mehr zu hören. Dafür sahen die beiden in einiger Entfernung einen schwachen Lichtschein. Neugierig schlichen sie näher. Das Licht drang aus dem Spalt einer Tür am Ende eines langen Ganges. Plötzlich vernahmen die beiden einen dumpfen Choralgesang, der aus einem der vielen Seitengänge kam. Erschrocken suchte Lemura nach einem Versteck. Sollte sie mit Kemon zurückrennen? Da entdeckte sie unmittelbar vor dem hell erleuchteten Raum eine Nische, vor der eine Holztruhe stand. Kurz entschlossen zerrte sie Kemon, der mehr torkelte als lief, hinter diese Truhe. Keine Sekunde zu früh, denn in diesem Augenblick bog auch schon ein Mönch um die Ecke, dem ein Dutzend weitere folgte. Mit ihren schwarzen Kutten und den großen Kapuzen, die ihre Gesichter fast ganz verdeckten, glichen sie Hiremus.

„Hicks!", kam es unerwartet aus Kemons Mund hervor.
„Pssst!", tadelte ihn Lemura erschrocken. Doch wieder folgte ein ‚Hicks' und wieder und wieder. Kemon zuckte entschuldigend mit den Schultern, er konnte ja nichts für seinen Schluckauf. Aber er würde sie verraten, soviel stand fest. Noch übertönte der Gesang das Hicksen, aber die Mönche kamen direkt auf sie zu. Wieder ein ‚Hicks'. Verzweifelt hielt die Hexe Kemons Mund zu. Zu ihrer Erleichterung ging der Zug an ihnen vorüber, ohne sie zu bemerken.

Als die Mönche den hellen Raum betraten, bildeten sie einen Kreis um eine prunkvolle, goldene Badewanne, die in der Mitte stand. Da die Tür nun offen blieb, konnten Kemon und Lemura ein paar vorsichtige Blicke ins Innere dieses geheimnisvollen Raums werfen. Vor der Wanne stand ein kleines Pult, auf dem das Zauberbuch lag. Mit hocherhobenem Haupt trat die Blutgräfin an das *Luna Sanguinea* heran, schlug es jedoch nicht auf, sondern nahm ihre Maske ab. Lemura schluckte tief. Obwohl sie das Gesicht der Gräfin nur aus einiger Entfernung sah, gab es keinen Zweifel daran, dass sie noch nie in ihrem Leben etwas

Rechte Seite:
Aus ihrem Versteck heraus beobachteten Kemon und Lemura die Vorbereitungen zu einem blutigen Ritual.

Mont Saint-Michel in der Bretagne (Frankreich)

Hässlicheres erblickt hatte. Die runzelige Haut hing schlaff herunter, die Augen waren eingefallen und anstelle der Nase entdeckte Lemura nur zwei schwarze Löcher. Alles in allem glich das Gesicht eher dem einer jahrtausendealten Mumie als dem eines Menschen aus Fleisch und Blut.

Kemon überkam dasselbe Grauen. Das Mädchen ließ seinen Mund wieder los, und zu beider Erleichterung plagte ihn kein Schluckauf mehr. Nach diesem Schock war ihm alles vergangen. Da hörte Lemura leise Schritte im Gang. Vorsichtig spähte sie aus der Mauernische hervor und erkannte die Silhouette eines einzelnen Mönchs, der langsam näher schlich.
„Hiremus!“, dachte die Junghexe und spürte, wie ihr Herzschlag zu rasen begann. „Wenn er sich ebenfalls hier in dieser Nische verstecken will, ist es aus!“

Im selben Augenblick hörte sie zu allem Überfluss auch noch aus einem anderen Gang Schritte näherkommen. Ein paar Diener traten in

Oben:
In den Gewölben der Blutgräfin erwartete Kemon und Lemura die Hölle auf Erden.

Seite 94 bis 97:
Kathedrale von Tudela (Spanien)

den Raum und breiteten Seidentücher auf dem Boden aus. Kaum waren sie fertig, folgten weitere Diener, die drei Mädchen trugen und auf die Seidentücher legten. Kemon und Lemura fielen fast die Augen aus dem Kopf. Offensichtlich waren die Mädchen tot und – splitternackt von Kopf bis Fuß! Da sahen die beiden, wie die Dienerin zu ihrer Herrin eilte und ihr ebenfalls half, sich zu entkleiden. Voll Entsetzen starrten das Mädchen und der Dämon auf den Körper der Blutgräfin. „Wie eine halb verweste Leiche", dachte die Junghexe und schüttelte sich vor Grauen.

Die Blutgräfin nahm einen goldenen Dolch in ihre Hand und schlug das Buch auf. Da züngelten Flammen aus den Seiten hervor und bildeten magische Worte. Just in diesem Augenblick hörte Lemura fast unmittelbar neben sich ein unterdrücktes Stöhnen. Kein Zweifel: Hiremus hatte sich bis knapp an die Mauernische herangeschlichen und alles beobachtet.
Während die Gräfin eine Zauberformel rezitierte, erwachte plötzlich eines der Mädchen und begann zu wimmern.

„Ach, die ist ja gar nicht tot", flüsterte Kemon überrascht. „Dann muss ich sie retten!"

Die Sinne immer noch vom Wein vernebelt, fühlte er sich als der größte und stärkste Dämon im Diesseits und im Jenseits. Voller Kampfgeist sprang er aus seinem Versteck und stand plötzlich neben Hiremus, der ihn verdattert anstarrte. Instinktiv versuchte der Inquisitor, den Dämon zu packen, doch der Kleine entwischte ihm und sprang in den Raum hinein, direkt vor die Blutgräfin.

„Sofort aufhören!", befahl Kemon.

Abrupt endete der Choralgesang. Stattdessen ging ein erstauntes Raunen durch das Gewölbe. Genauso erstaunt starrte Hiremus auf Lemura, die er jetzt natürlich hinter der Holztruhe entdeckt hatte. Sofort griff er nach ihr, aber sie stach mit ihrem Silberdolch in seine Hand, sodass er vor Schmerz aufschrie. Flugs kletterte das Mädchen über die Truhe und rannte zu Kemon. So standen die beiden neben der Wanne direkt vor der Blutgräfin, umringt von Dienern und Mönchen.

„Wie könnt ihr es wagen, mein Ritual der ewigen Jugend zu stören?", kreischte die Gräfin außer sich vor Wut.

Mit dem Zauberbuch „Luna Sanguinea" wollte die Blutgräfin die ewige Jugend erlangen.

Statt zu antworten, stieß ihr Lemura den Dolch ins Herz. Doch nichts geschah. Kein Tropfen Blut floss aus der Wunde. Dafür begann die Gräfin wie verrückt zu lachen.
„Ergreift sie!", befahl sie den Mönchen, die sich sofort auf Lemura stürzten.
Kemon dagegen flatterte vor Aufregung so wild mit seinen Flügeln, dass er trotz seiner Höhenangst vom Boden abhob. Die Mönche und Diener versuchten ihn zu packen, aber er schwirrte im Zickzack über sie hinweg. In diesem Tumult bemerkte niemand, wie sich ein weiterer Mönch klammheimlich in den Raum schlich, zum *Luna Sanguinea* trat und mit gedämpfter Stimme befahl: „Zeige mir das Versteck des Hexenkompasses!"
Lemura, die von zwei Mönchen festgehalten wurde, riss den Kopf herum und sah, wie aus dem *Luna Sanguinea* neue Buchstaben hervorschossen. Nun bemerkte auch die Blutgräfin die Flammen. Als sie Hiremus erblickte, lachte sie laut auf.
„Du suchst den Hexenkompass?", krächzte sie, während sie langsam auf ihn zuging.

Die anderen Mönche gaben die Verfolgung von Kemon auf und kamen ebenfalls näher. Hiremus schlug das Buch zu, packte es, zog sein Schwert und wollte sich den Weg nach draußen mit Gewalt freikämpfen. Aber als er einen der Mönche durchbohrte, passierte dasselbe wie vorher bei der Blutgräfin: nichts! Die Klinge ging durch den Körper durch, als wäre er nur eine leblose Hülle.

„Der Hexenkompass ist in der Gruft der Stille", erklärte die Gräfin höhnisch, „die auf einer Insel im Meer liegt, gar nicht weit von hier. Aber dieses Geheimnis werdet ihr alle mit ins Grab nehmen!"

Doch der Inquisitor gab sich noch lange nicht geschlagen. Mit dem Schwert wild um sich fuchtelnd wich er vor der Gräfin und den Mönchen zurück, bis er an der Wand anstieß. In dem Moment packten ihn mehrere Mönche gleichzeitig und entrissen ihm das *Luna Sanguinea*. Da stürzte plötzlich Kemon wie ein Adler herab und griff sich das Buch. Aber es war natürlich viel zu schwer. Der dicke Wälzer zog ihn unaufhaltsam nach unten, so sehr er auch flatterte. Einer der Diener sprang auf ihn zu und packte seine Beine. Schreiend ließ Kemon das Buch fallen, das genau vor Lemura in der Wanne landete – und zwar aufgeschlagen. Die Junghexe konnte es kaum glauben. Da schoss ihr ein Geistesblitz durch den Kopf.

„Zeige mir, wie man diesen Spuk beendet!", forderte sie.

Aus dem Buch züngelten Buchstaben empor. Sofort eilte die Blutgräfin heran und schlug es zu. Aber Lemura konnte trotzdem ein paar Worte entziffern: „Zeige … wahres Gesicht!"

Die Hexe begriff. Verzweifelt versuchte sie, sich loszureißen, aber die Mönche hielten sie mit brutaler Gewalt fest.

„Kemon!", rief sie. „Wir müssen der Blutgräfin meinen Zauberspiegel vors Gesicht halten."

Der Dämon schlug wild um sich, doch ohne Erfolg. Als die Blutgräfin merkte, dass keine Gefahr mehr drohte, verzerrte sich ihr Gesicht zu einer grinsenden Fratze. Sie hob das *Luna Sanguinea* aus der Wanne und legte es wieder auf das Pult, um mit dem Ritual fortzufahren.

„Hast du einen Spiegel?", fragte eine schwache Stimme.

Überrascht schaute Lemura zu Boden und blickte direkt in die Augen jenes Mädchens, das vorher gewimmert und sich nun halb aufgerichtet hatte.

Rechte Seite:
Als die Blutgräfin ihr wahres Gesicht im Spiegel sah, wurde sie von der Zeit eingeholt und ihr Schloß verfiel zu einer Ruine.

Burg Gebhardsberg bei Bregenz (Österreich)

„In der Tasche unter meinem Kleid", erwiderte Lemura schnell.
Ehe die Mönche merkten, was vor sich ging, griff das Mädchen unter Lemuras Kleid. Der Blutgräfin gefror das Grinsen im Gesicht. Wutentbrannt packte sie den goldenen Dolch, stürzte sich auf das Mädchen und wollte zustechen. Da hielt es ihr den Spiegel hin. Er zeigte ein wunderschönes Gesicht, das sich in eine geisterhafte Fratze und schließlich in einen Totenschädel verwandelte.

Die Blutgräfin stieß einen fürchterlichen Schrei aus, der noch lange nachhallte. Kraftlos ließ sie den Dolch sinken. Sie wollte zurück zum *Luna Sanguinea*, doch sie taumelte und stürzte zu Boden. Lemura sah, wie ihre Haut plötzlich grau und schließlich schwarz wurde.

In dem Moment schien die Zeit auch die Diener und Mönche einzuholen. Ihre Gesichter bekamen Runzeln und Falten, und Lemura fühlte, wie der Griff der beiden Wächter schwächer wurde. Mit einem kräftigen Ruck riss sie sich los. Da spürte sie ein leichtes Beben. Ja, der Boden unter ihren Füßen wackelte. Voller Entsetzen sah sie, wie der Verputz von den Wänden bröckelte und die Mauern Risse bekamen. All die Jahrhunderte, die die Blutgräfin mit ihrem Schloss dem Verfall getrotzt hatte, schienen nun ihren Tribut zu fordern.

Kemon spürte ebenfalls das herannahende Unheil. Er biss dem Diener in den Finger, der ihn mit einem Aufschrei losließ. In diesem Augenblick stürzte der Kronleuchter von der Decke herab und zerbarst in tausend Stücke. Lemura packte den Dämon und rannte zur Tür. Als sie sich auf der Schwelle nochmals kurz umdrehte, sah sie, wie sich auch Hiremus befreien konnte und zum Buch eilte. Um ihn herum donnerten schwere Ziegelsteine von der Decke herab.
„Komm!", rief Kemon voll Panik und zerrte das Mädchen weg.
Beide rannten durch das Labyrinth, ohne einen Ausgang zu finden. Da spürte Lemura einen harten Schlag. Das letzte Bild, das sich ihr einprägte, war das rote Licht des Mondes, das durch einen schnell größer werdenden Riss in der Mauer auf sie fiel.

Linke Seite:
Kemon und Lemura erfuhren, daß der Hexenkompaß in der Gruft unter einer Kirche verborgen lag.

Castillo de Javier bei Pamplona (Spanien)

Als Lemura die Augen aufschlug, spürte sie einen fürchterlichen Schmerz am Hinterkopf. Sie versuchte sich zu erinnern, was passiert war, aber ihr Gedächtnis schien nur aus einem riesigen schwarzen Loch zu bestehen. Vorsichtig schaute sie sich um. Sie lag im hohen Gras einer Wiese. Über ihr ragte ein Felsen empor, auf dem aber nicht mehr das Schloss der Blutgräfin, sondern eine verfallene Ruine thronte. Neben ihr saß Kemon, der sie überglücklich begrüßte, als wäre sie aus dem Reich der Toten zurückgekehrt.
„Was ist passiert?“, wollte Lemura wissen.
„Das Schloss ist eingestürzt“, erklärte Kemon. „Wir hatten es fast geschafft hinauszukommen. Erst direkt vor dem Mauerloch hat dich ein Ziegel getroffen. Ich konnte dich aber ins Freie ziehen.“
Stolz richtete er sich auf. Lemura lächelte ihm schwach zu und erhob sich langsam.
„Und Hiremus?“, fragte sie.
Der Dämon zuckte die Schultern. „Wahrscheinlich ist er mit dem Schloss untergegangen.“
Kemon erzählte ihr alles, auch, dass der Hexenkompass nicht weit von hier auf einer Insel versteckt sei. Allmählich kamen Lemuras Erinnerungen bruchstückhaft zurück. Sie überlegte lange, ehe sie einen Entschluss fasste.
„Wir suchen den Kompass!“, verkündete sie schließlich. „Vielleicht hat Hiremus doch überlebt. Er darf ihn auf keinen Fall kriegen.“
Die beiden gingen zum Ufer zurück, wo sie ihr Boot in tadellosem Zustand vorfanden. Jetzt, wo der Mond noch nicht aufgegangen war, fürchtete Kemon keine Mondfische und stieg anstandslos in das schaukelnde Gefährt. Die Strömung trieb sie zur Mündung. Draußen auf dem Meer entdeckten sie eine kleine Insel. Lemura begann zu rudern, doch schon bald zog ein Sturm auf – als ob sich alle Naturgewalten gegen sie verschworen hätten.

Als sie das Ufer endlich erreichten, begann es bereits zu dämmern. Über der Insel lag eine unheimliche Stille. Wortlos schritten sie zu einer alten, verfallenen Kirche, die inmitten eines Friedhofs lag. Die Grabsteine standen kreuz und quer, als hätten die Toten keine Ruhe gefun-

Oben:
Auf dem Friedhof vor der Kirche standen die Grabsteine kreuz und quer, als hätten die Toten keine Ruhe gefunden.
Alter jüdischer Friedhof in Prag (Tschechien)

den. Mit einem beklemmenden Gefühl betraten das Mädchen und der Dämon die Kirche, die ganz und gar nicht einladend wirkte. In diesem Moment rissen die Wolken auf und das rote Licht des Blutmondes fiel durch die bunten Fenster in den Innenraum. Den beiden kam es vor, als würden sie in eine fremde Welt eintreten. Staunend und andächtig schritten sie zum Altar vor, als Kemon plötzlich verdutzt vor einem großen Engel aus strahlend weißem Marmor stehen blieb.
„Was ist denn das?", fragte er verwirrt. „Der schaut ja fast so aus wie ich, nur nicht so schön!"
„Der da schaut sicher nicht so aus wie du!", antwortete das Mädchen entnervt. „Das ist ein Engel, ein Wesen des Himmels."
„Na, hat man dich verzaubert?", flüsterte Kemon dem Engel voll Mit-

leid zu. „Keine Angst, es wird alles wieder gut."
Lemura, die Engel über alles verehrte, ließ Kemon gewähren und fing alleine an, nach dem Hexenkompass zu suchen – ohne den geringsten Erfolg. Als sie nach einiger Zeit wieder zu Kemon trat, saß er ganz fasziniert auf den Stufen vor dem Altar und starrte nach oben. Lemura folgte seinem Blick. Offenbar hatte es ihm das bunte Fenster angetan. Zweifellos ein Wunderwerk aus Glas und Malerei, aber trotzdem verstand das Mädchen nicht, warum der Dämon den Blick gar nicht mehr losreißen konnte.
„Siehst du den Regenbogen?", fragte Kemon leise. „Vorher war er noch nicht da."
Nein, Lemura sah keinen Regenbogen, sondern einen Blumengarten. Als sie genauer hinschaute, kam es ihr vor, als würden sich die Farben der Blumen verändern. Und nicht nur die Farben, sondern auch die Blumen selbst. Besaß das Fenster ein Eigenleben? Lemura schüttelte den Kopf. Wahrscheinlich ging nur die Phantasie mit ihr durch.
„Wir müssen den Hexenkompass finden!", ermahnte sie Kemon.
„Er liegt in der Gruft der Stille", antwortete der kleine Kerl ganz ver-

Rechte Seite:
Fasziniert starrte Kemon auf das riesige Fenster, das ein Eigenleben zu führen schien und jedem etwas anderes zeigte.

Zentralfriedhof in Wien (Österreich)

Oben:
Alter jüdischer Friedhof in Prag (Tschechien)

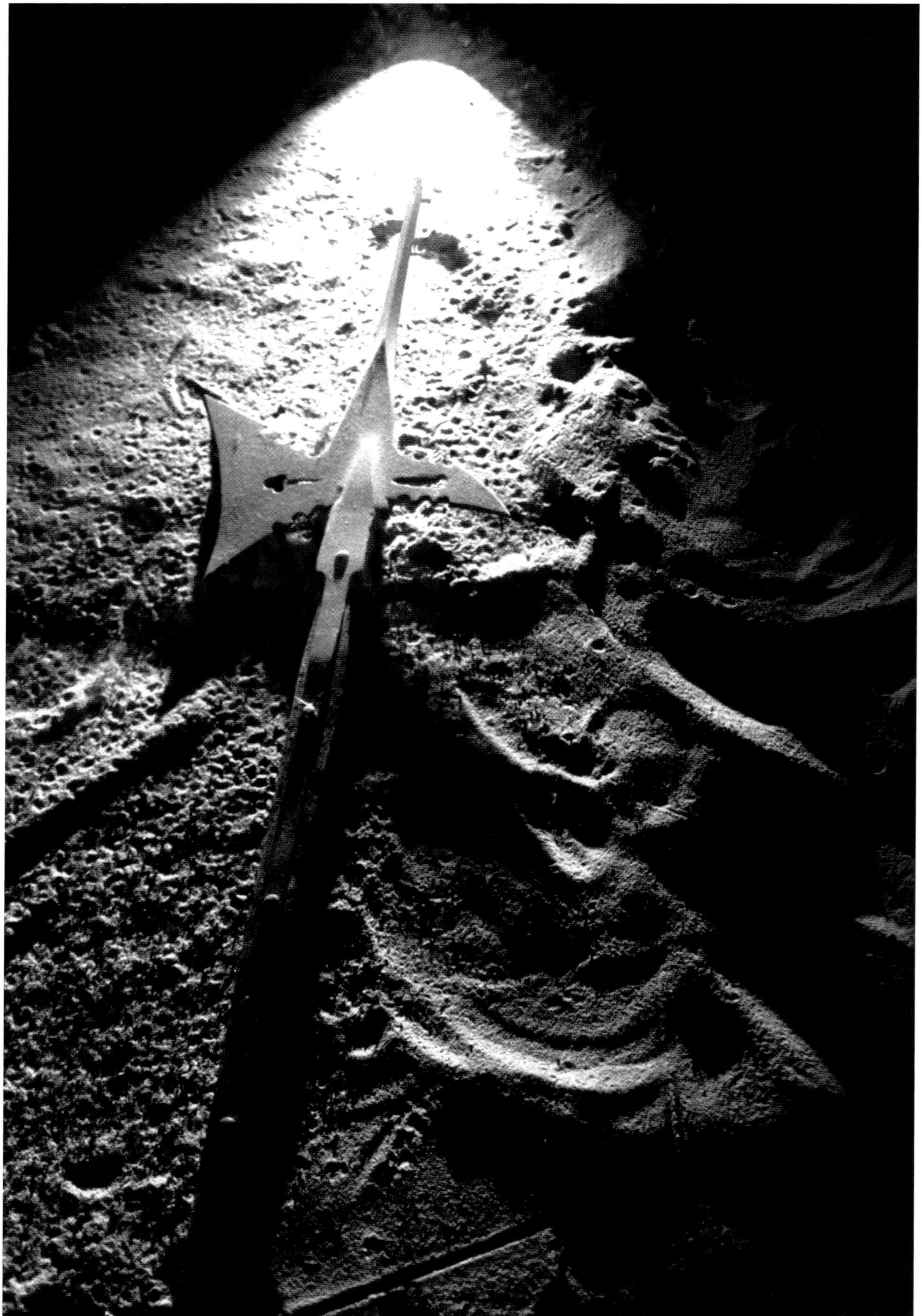

träumt, ohne den Blick vom Fenster abzuwenden. „Das hat jedenfalls die Blutgräfin gesagt. Erinnerst du dich?"
„Nein", seufzte die Hexe. „Und wo ist die Gruft?"
„Schau, der Mond!", rief Kemon voll Freude und zeigte auf das Fenster.
„Ich sehe keinen Mond", erwiderte Lemura verdutzt, „nur Blumen."
„Über dem Regenbogen!", erklärte der Dämon aufgeregt. „Und der Blutmond scheint jetzt genau durch den Mond im Fenster durch."
Was immer Kemon sah, konnte keine Ähnlichkeit mit Lemuras Blumenwiese haben. Allerdings merkte das Mädchen, dass tatsächlich ein dünner roter Strahl in die Kirche fiel – und zwar genau auf eine Hellebarde, die am Boden lag. Ihre Spitze zeigte wie ein Wegweiser auf ein rundes, steinernes Taufbecken. Lemura wurde stutzig. Das konnte kein Zufall sein. Sie ging um das Becken herum und inspizierte es genauer. Nichts. Sie umkreiste das Becken wieder und wieder, als ihr plötzlich auffiel, dass die Steinplatte vor dem Becken hohl klang.
„Kemon, hilf mir!", rief sie. „Wir müssen das Taufbecken zur Seite schieben!"
Widerwillig riss sich der kleine Kerl von seinem wunderbaren Spiel aus Licht und Farben los. Mit aller Kraft stemmten sich die beiden gegen das Becken. Tatsächlich öffnete sich ein dünner Spalt. Lemura nahm die Hellebarde, steckte sie in den Spalt und schob das Becken mit Hebelkraft zur Seite. Vor ihnen führte eine schmale, steile Steintreppe in die Tiefe. Lemura nahm all ihren Mut zusammen und stieg hinab in die Gruft der Stille. Zu ihrer Überraschung erstrahlte in dem Gewölbe ein schwaches, milchiges Licht, so als würden leuchtende Nebelschwaden umherziehen. Was Lemura dort erblickte, verschlug ihr den Atem. Zehntausende von Knochen, wohin sie auch schaute. In der Mitte hing ein gewaltiger Kronleuchter, nur aus Knochen gefertigt. Und die Decke zierten Girlanden aus Totenschädeln.

Zitternd trat Kemon neben das Mädchen. Keiner von beiden wagte es, ein Wort zu sprechen. Stumm schritten sie an den grinsenden Totenköpfen vorbei. Das Versteck des Hexenkompasses war gut gewählt, das musste Lemura zugeben. Wie sollten sie ihn in diesen Knochenhaufen jemals finden?

Linke Seite:
Als das Licht des Blutmondes auf die Hellebarde fiel, zeigte ihre Spitze zum Eingang in die Gruft.

Riegersburg in der Steiermark (Österreich)

Linke Seite:
Als Lemura über eine Steintreppe in die Gruft hinab stieg, kam es ihr vor, als würde sie eine fremde Welt betreten.

Kalvarienberg in Eisenstadt (Österreich)

Seite 109 bis 125:
Beinhaus (Kostnice) in Kutná Hora (Tschechien)

Während Lemura nach einem weiteren Hinweis auf den Kompass suchte, sah sie plötzlich aus den Augenwinkeln, wie sich ein Schatten an der Wand bewegte. Sofort riss sie den Kopf herum. Nichts. Da bemerkte sie, dass die Kerzen auf dem Kronleuchter brannten.
„Wir sind nicht allein", flüsterte sie zu Kemon.
Als Antwort bekam sie ein Zähneklappern. Aber nicht nur dieses Geräusch irritierte sie, sondern auch ein leises, gequältes Schreien. Sie wollte den Dämon fragen, ob er es auch höre, aber ein Blick in seine aufgerissenen Augen genügte. In diesem Moment spürten die beiden einen eisigen Luftzug. Kemon, der bisher einen halben Schritt hinter Lemura geblieben war, drängte sich vor und zog das Mädchen Richtung Steintreppe. Doch als sie um die Ecke bogen, grinsten ihnen Hunderte von Totenköpfen entgegen. Sogar ein höhnisches Lachen schien aus dem Knochenhaufen zu kommen.
„Das ist alles nicht wahr!", rief Lemura verzweifelt.
Da kam ihr die rettende Idee. Das Wahrheitspulver! Sie holte das kleine Säckchen aus ihrer Tasche hervor und streute zuerst eine Brise auf den wimmernden Dämon, dann auf sich selbst. Vor ihren Augen lösten

sich die grinsenden Schädel in Luft auf und gaben den Blick auf die Steintreppe frei. Lemura drehte sich um. Der Kronleuchter brannte nicht mehr, und auch die Schreie waren verstummt.

Kemon verspürte herzlich wenig Lust, das Geheimnis dieser Gruft zu ergründen und zerrte das Mädchen zur Treppe. Da hörten sie ein schweres Keuchen. Bildeten sie sich das nur ein? Wirkte das Wahrheitspulver nicht mehr? Sicherheitshalber blieb Lemura stehen. In diesem Moment sahen die beiden eine Mönchskutte am oberen Ende der Treppe. Wie auf Befehl machten beide gleichzeitig kehrt und flüchteten in den hinteren Teil der Gruft. Verstecke gab es hier zum Glück in Hülle und Fülle.

Hiremus schienen die Knochen nicht sonderlich zu beeindrucken. Zielstrebig ging er in die Mitte der Gruft, legte das *Luna Sanguinea* auf den Boden und befahl ihm, das Versteck des Hexenkompasses preiszugeben. Zufrieden las der Inquisitor die Worte, schaute sich kurz um und trat zu einem Knochenhaufen, nicht weit von Kemons und Le-

In der Gruft gingen seltsame Dinge vor sich, so daß Kemon und Lemura nicht mehr zwischen Einbildung und Wirklichkeit unterscheiden konnten.

muras Versteck entfernt. Wie ein Besessener warf er die Knochen und Schädel achtlos zur Seite, bis er schließlich triumphierend aufschrie. Er nahm das Amulett des Lichts in die rechte Hand und zog mit der Linken eine Kette aus dem Knochenhaufen heraus, an der ein goldenes Gefäß hing, reich verziert mit magischen Symbolen.

Der Inquisitor stieß einen Seufzer der Erleichterung aus, als er plötzlich merkte, dass das Gefäß von selbst zu schwingen begann. Lemura konnte es kaum glauben: Das Gefäß schwang genau in ihre Richtung! Verdutzt stieg Hiremus vom Knochenhaufen herunter, als er ruckartig den Kopf herumriss. Tanzten da nicht Schatten an der Wand? Nein, es musste eine Täuschung sein. Er folgte wieder der Richtung des schwingenden Gefäßes. Lemura wusste: Noch ein paar Schritte und er würde sie entdecken. Blitzschnell packte sie Kemon und rannte am Inquisitor vorbei zur Treppe. Hiremus war so überrascht, dass er sie nicht aufhielt. Außerdem hatte er ja sowieso keine Hand frei.

In einem Knochenhaufen fand Hiremus den Hexenkompaß. Damit nahm das Unheil seinen Lauf.

Kemon und Lemura hetzten die Treppe hoch und versuchten, das Taufbecken über die Luke zu schieben, damit Hiremus niemals aus

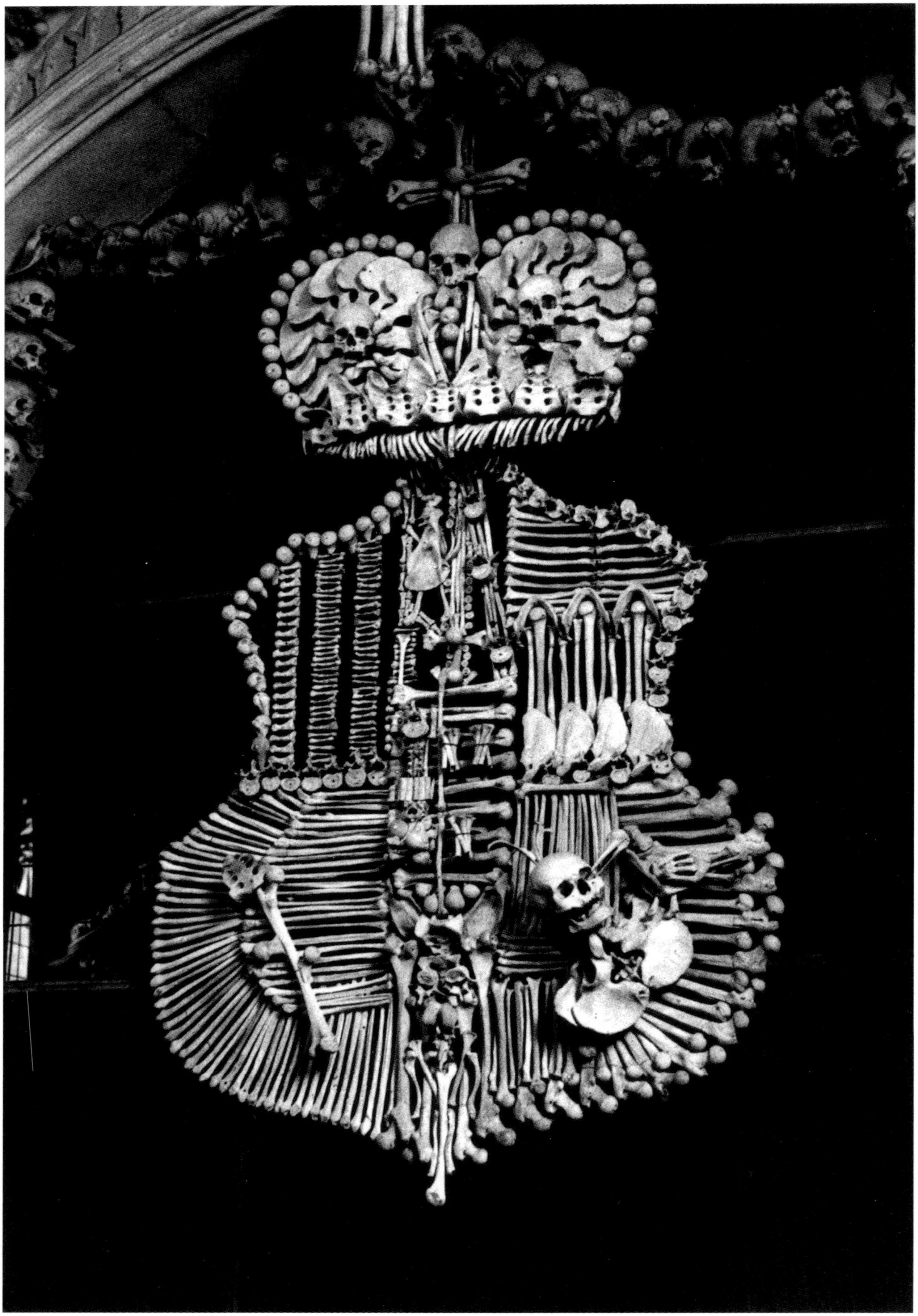

der Gruft herauskäme. Doch zu ihrer Überraschung folgte ihnen der Inquisitor gar nicht.

„Ohne Wahrheitspulver kommt er niemals raus", flüsterte Lemura.
Aus der Gruft drangen wütende Schreie nach oben. Kemon und Lemura ließen die Luke offen und beschlossen, vorerst abzuwarten. Plötzlich gingen die Schreie in ein irres Lachen über, gefolgt von Geräuschen, als würde Hiremus Holz hacken. Eine unbändige Neugier überkam Lemura und sie schlich – mit der Hellebarde bewaffnet – die Treppe hinunter. Da sah sie, wie der Inquisitor mit dem Schwert in der rechten Hand auf die Totenschädel einschlug. Den Hexenkompass hielt er immer noch mit der linken Hand eisern fest. Das Amulett des Lichts lag auf dem Boden. Lemura hob es auf und begriff: Hiremus hatte das Amulett weggeworfen, um sein Schwert zu zücken und war in diesem Augenblick dem Wahnsinn verfallen. Nachdenklich starrte das Mädchen auf den Tobenden. Er hätte nur den Kompass aus der Hand geben müssen, dann wäre ihm nichts passiert. Aber er war so besessen gewesen von seinem Wahn, Hexen zu verfolgen, dass er den Kompass

Verzweifelt suchte Hiremus nach dem Ausgang, doch er sah nur noch Wände aus Totenköpfen, die ihn hämisch angrinsten.

nie wieder loslassen wollte. Nun hatte er diese Form des Wahnsinns gegen eine andere Art des Wahnsinns eingetauscht.

Leise schlich Lemura zurück zu Kemon und erzählte ihm alles. Als die beiden am nächsten Morgen in die Gruft hinabstiegen, fanden sie Hiremus' zusammengekrümmte Leiche nicht weit von der Treppe entfernt. Sein verzerrtes Gesicht sprach Bände: Offensichtlich hatte er im wahrsten Sinne des Wortes bis zum Umfallen gewütet. Kemon und Lemura beerdigten ihn auf dem Friedhof vor der Kirche. Als sie in die halbzerstörte Gruft zurückkehrten, um den Hexenkompass wieder zu verstecken, fiel plötzlich ein Sonnenstrahl durch ein kleines Fenster in den Raum – als ob ihnen jemand ein Zeichen geben wollte. Das Mädchen seufzte nachdenklich. Wenn Hiremus den Kompass gefunden hatte, könnte dies anderen Inquisitoren ebenfalls gelingen. So beschlossen Kemon und Lemura, als Hüter des Hexenkompasses und des *Luna Sanguinea* auf der Insel zu bleiben. Kaum hatten sie diese Entscheidung getroffen, kam es ihnen vor, als würden ihnen die Totenschädel zulächeln.

Als der erste Sonnenstrahl des neuen Tages in die Gruft fiel, beschlossen Kemon und Lemura, als Hüter des Hexenkompasses hier zu bleiben.

GERALD AXELROD

geb. 1962 in Hard (Österreich). Begann im Alter von 13 Jahren, seine ersten Schwarz-Weiß-Fotos selbst zu vergrößern. 1997 veröffentlichte er den Fotoband „... als lebten die Engel auf Erden", der sich rasch zu einem Kultbuch entwickelte. Weitere Publikationen: „Wo die Zeit keine Macht hat" und „... denn weiter als der Himmel ist die Liebe". Mit über einem Dutzend Ausstellungen in Europa und den USA (u.a. in der Leica Gallery in New York) gehört Gerald Axelrod heute zu den international renommierten Fotografen. – Lebt in Wien.

LIANE ANGELICO

geb. 1968 in St. Pölten (Österreich). Entdeckerin verborgener Welten, die sich zunächst der Dichtkunst widmete und gemeinsam mit Gerald Axelrod das Buch „... denn weiter als der Himmel ist die Liebe" veröffentlichte. Beschäftigt sich zudem mit Mythologie und Mystik, was sie dazu inspirierte, in phantastische Traumwelten einzutauchen. – Lebt in Wien.

www.axelrod.at

Gerald Axelrod und Liane Angelico

... denn weiter als der Himmel ist die Liebe

Fotografien über die Träume der Engel

128 Seiten mit 92 Schwarz-Weiß-Fotografien, Hardcover, 22,8 x 28,6 cm
© 2002
Preis: 26,80 Euro (D) / 27,60 Euro (A) / 47,80 sFr. (CH)

„Das Buch lädt den Betrachter dazu ein, darin zu versinken, in die Traumwelt der Engel einzutauchen. Dazu tragen vor allem auch die Gedichte und Texte von Liane Angelico bei, die mit Axelrods Photographien eine perfekte Harmonie, ja fast schon eine Symbiose eingehen. Dieses Buch ist einfach ein wahrer Genuss."

Bettina Glas im ORKUS

Gerald Axelrod

Wo die Zeit keine Macht hat

Feen, Hexen und Druiden in der Sagenwelt Irlands

128 Seiten mit 96 Schwarz-Weiß-Fotografien, Hardcover, 22,8 x 28,6 cm
© 2000 (3. Auflage 2003)
Preis: 14,95 Euro (D) / 15,40 Euro (A) / 27,60 sFr. (CH)

„WO DIE ZEIT KEINE MACHT HAT zählt für mich bereits jetzt zu meinen Lieblingsbildbänden und kann allen, die eine verzauberte, geheimnisvolle und düstere Stimmung schätzen, wärmstens empfohlen werden."

Bettina Glas im ORKUS

Gerald Axelrod

... als lebten die Engel auf Erden

Fotografien über Schönheit und Tod

Vor gut einem Jahrhundert haben Bildhauer auf den Friedhöfen Italiens eine einzigartige Welt der Schönheit und Sinnlichkeit geschaffen, die heute leider in Vergessenheit geraten ist. Der erste Bildband von Gerald Axelrod lädt den Betrachter ein zu einer Reise durch diese Totenstädte, in denen nicht Trauer und Schmerz, sondern Lust und Leidenschaft regieren.

Eine besondere Rolle spielen dabei die Engel, die keineswegs so heilig sind wie gemeinhin vermutet. Der Begleittext erzählt deshalb von den alten Legenden und lüftet die Geheimnisse der Himmels- und Höllenengel.

Gerald Axelrod
... als lebten die Engel auf Erden
© 1997 (5. Auflage 2005)
128 Seiten mit 84 Schwarz-Weiß-Fotografien
Hardcover, 22,8 x 28,6 cm

Preis: 19,95 Euro (D) / 20,50 Euro (A) / 35,00 sFr. (CH)

ISBN 3-86608-023-9
Ubooks

„Ein Buch wie ein Traum."
Oberhessische Presse

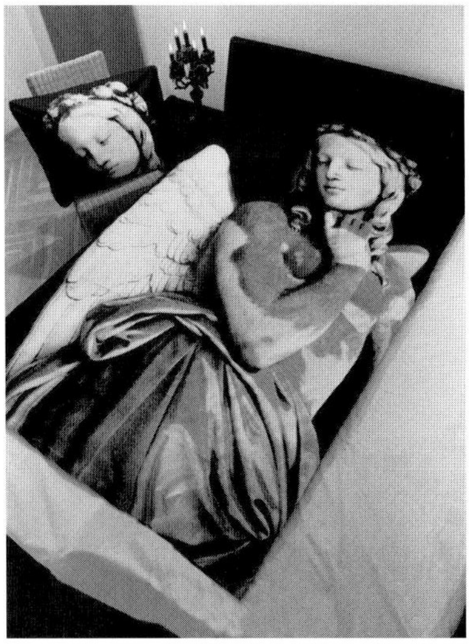

ENGEL-BETTWÄSCHE UND VORHÄNGE

Umgeben Sie sich mit der vollkommenen Schönheit der Engel! Die Firma Caleidolex hat eines der eindruckvollsten Engel-Motive von Gerald Axelrod in erstklassiger Qualität auf Vorhänge und Bettwäsche gedruckt. Damit auch Sie den Hauch eines engelhaften Schlafes spüren!

Bettwäsche (135 x 200 cm) ab 51,95 Euro
Kopfkissen (80 x 80 cm): 19,95 Euro
Vorhang (140 x 210 cm): 23,95 Euro

Genauere Informationen und Bestellmöglichkeiten finden Sie unter: **www.caleidolex.de**

GERALD AXELROD KALENDER

Seit 2003 bietet Gerald Axelrod jedes Jahr einen großformatigen Kalender mit den beliebtesten Motiven aus seinen Büchern an. Durch das große Format erhalten die Bilder eine neue Tiefe, die den Betrachter auf eine Reise mitnimmt in die Mythen und Legenden längst vergangener Zeiten. So entsteht ein einmaliger Begleiter durch das Jahr mit wunderschönen Motiven, die stets auf der Grenze zwischen Traum und Wirklichkeit balancieren.

Im Format 40 x 60 cm auf hochwertigem Papier in einem Spezialverfahren gedruckt, erreichen hier die Fotografien Gerald Axelrods eine neue Stufe der Darstellung.

13 Blatt - Umschlag und 12 Monatsblätter - gibt es jedes Jahr ab September im Buchhandel oder direkt unter :
www.ubooks.de

Gerald Axelrod
Kalender
40 x 60 cm
13 Blatt
empf. VK. 19,95 Euro

Durch die „... extreme Spannung zwischen Motiv und Wirklichkeit entsteht Raum zum Träumen..." *Zillo*